Imaginemos que a mancha
cresce e que cobre por
completo o corpo negro
onde surgiu, à nascença,
dos pés à cabeça, de forma
natural, e que, chegado
à idade adulta, o negro,
que assim o era, branco
como a cal se tornou,
confundindo regras, leis,
tudo e todos, confirmando
que, afinal, negros podem
tornar-se brancos, mas
estes nunca em negros.

Joaquim Arena
Siríaco e Mister Charles

Obra apoiada pela
Direção-Geral do Livro, dos Arquivos
e das Bibliotecas/Cultura – Portugal

Rio de Janeiro

© Joaquim Arena, 2023

Revisão
Lara Alves

Diagramação
Rejane Megale

Design da capa
Mariana Newlands

Fotografias da capa:
© Plan of the Beagle – Welcome Library, London
© The zoology of the voyage of H.M.S. Beagle during the years 1832-1836.
© What Mr. Darwin saw in his voyage round the world in the ship "Beagle" – Charles Darwin

Fotografia da 4ª capa:
© Pormenor de La Mascarade Nuptiale (1788), José Conrado Roza, Musée du Nouveau Monde, La Rochelle, França.

Adequado ao novo acordo ortográfico da língua portuguesa

CIP-BRASIL. CATALOGAÇÃO NA PUBLICAÇÃO
SINDICATO NACIONAL DOS EDITORES DE LIVROS, RJ

A726s

Arena, Joaquim
　　Siriaco e mister Charles / Joaquim Arena. - 1. ed. - Rio de Janeiro : Gryphus ; Lisboa (Portugal) : DGLAB, 2024.
　　274 p. ; 21 cm　　　　(Identidades ; 22)

　　ISBN 978-65-86061-87-1

　　1. Ficção cabo-verdiana. I. Título. II. Série.

24-92316
　　　　　　　　　　CDD: CV869.3
　　　　　　　　　　CDU: 82-3(665.8)

Meri Gleice Rodrigues de Souza - Bibliotecária - CRB-7/6439

12/06/2024　17/06/2024

GRYPHUS EDITORA
Rua Major Rubens Vaz 456 – Gávea – 22470-070
Rio de Janeiro – RJ – Tel.: + 55 21 2533-2508
www.gryphus.com.br – e-mail: gryphus@gryphus.com.br

Para Paula Lourenço

Prefácio

UMA ÓTIMA NOTÍCIA! O romance histórico está de volta. Uma cortina se ergue, os personagens entram em cena e o cenário reconstituído convida o leitor a visitar um outro tempo. Fascinado, ele é conduzido pela pena de um autor premiado cujo dom é o de transportá-lo a outras épocas, outros mundos, outras vidas. E, que riqueza de detalhes nessa estória! Sim, Joaquim Arena sabe que Deus e o Diabo residem neles. Por isso, mergulhou nos documentos e nos arquivos do Paço Real de Lisboa, para dar carne e sangue à amizade improvável entre um "homem tigre" e o cientista que mudou os rumos da Ciência. São eles Siríaco e Charles Darwin.

Nascido na ilha de São Vicente em Cabo Verde, filho de pai português e mãe cabo verdiana, advogado, músico e jornalista, tendo conhecido o sucesso com mais duas obras, *A Verdade de Chindo Luz* e *Debaixo da Nossa Pele*, Arena tem todas as qualidades para fascinar o leitor com essa história saborosa. Num esforço laborioso, híbrido de ficção pintada com as cores do verossímil, Arena constrói uma narrativa onde a liberdade e a verdade se dão as mãos. E fascinado, o leitor o segue.

Sim, ambos os personagens existiram. Siríaco, por sua pele com as marcas do vitiligo, se misturou aos anões que, como tantos outros indivíduos considerados raros, adornavam as Cortes europeias no final do século Dezoito. Nascido em Sergipe Del Rey, na época pertencente à Bahia, é oferecido, aos 12 anos, ao príncipe herdeiro D. José I, príncipe da Beira e do Brasil, primogênito de D. Maria I de Portugal, junto com os "anainhos" – como eram chamados os anões –, fazia parte de um grupo que acompanhava a família real em suas andanças pelo Reino. Ele não estava só. Tinha mais sete companheiros vindos do Brasil ou da África, aos quais se misturava por ter a estatura da criança que era então.

Desde o Renascimento, anões, crianças-urso, meninas barbadas e outras raridades, eram figuras de praxe nas cortes principescas, reais, eclesiásticas, importantes ou minúsculas, pois todas deviam possuir pelo menos uma dessas criaturas. Aí, eles encontraram uma função complexa: a de bufões. Tinham todos os direitos, pois isto fazia parte do jogo. Eles lançavam advertências, davam opiniões sábias ou espertas dissimulando-as sob a aparência de brincadeira ou insolência. Suas palavras, por vezes venenosas, traziam à tona verdades que tinham que ser engolidas com sorrisos pelos cortesãos. Também podiam ser alcoviteiros de amores proibidos, espiões e até membros de *"affaires"* que envolveram o assassinato de autoridades. Varridos pelo Iluminismo e suas revoluções, permaneceram na Península Ibérica mergulhada em pietismo barroco.

Voltaire os chamava de "o triste prazer". Em Espanha, foram pintados por Velázquez, e em Portugal, animavam a Corte de D. Maria I. Em Lisboa, outros membros da aristocracia como o Marquês de Marialva ou o conde de São Lourenço também tinham os seus "monstrinhos" preferidos.

Dentre o grupo de raridades, Arena escolheu Siríaco como condutor de sua história. Mistura de perfeição e imperfeição, Siríaco é o retrato de cada leitor. Sua solidão, sofrimento, lutas e alegrias são também as nossas. E o autor lhe deu um destino imaginário quando da emigração forçada da família real para o Brasil, instalando-o, já adulto, na ilha de Santiago, onde, em 1832, o Beagle trouxe Darwin em sua viagem de volta ao mundo. Foi na Cidade da Praia, durante uma parada de duas semanas, que o inglês realizou as suas primeiras observações sobre conchas, pedras e plantas. Começa aí o romance de Arena e o diálogo entre os dois personagens. O corpo malhado ou "tigrado" de Siríaco fascinou o autor de *A origem das espécies*. De fator de diversão, agora dono de seu destino, ele se tornou objeto de investigação: "Deixa-nos olhar para o seu corpo e para a pele, Sr. Siríaco?". No corpo-mapa, símbolo da expansão portuguesa, Siríaco fugia ao padrão que identificava a cor negra ao mal e ao cativeiro. Pintado de branco e preto, ele estava entre o homem livre e o escravo. Entre o exótico objeto de colecionismo e a criatura humana. Não à toa, seu corpo era apalpado, alisado, manuseado por curiosos e apaixonados.

Arena também nos apresenta um Darwin de 22 anos, cuja vida pregressa é pouco conhecida. Apaixonado pela jovem Fanny que deixou na Inglaterra, é através da correspondência amorosa que Arena reconstrói seus verdes anos. E se o amor convida o leitor a conhecer melhor a biografia de Darwin, é também a história de amor de Siríaco com Aurélia que conduz o leitor a conhecer sua vida em Cabo Verde. Mel do romance histórico, os amores contrariados pelas circunstâncias permitem ao leitor saborear os estados de alma dos protagonistas e, por meio de cartas e lembranças, reviver suas dores e oportunidades perdidas.

Enquanto Darwin se maravilhava com um Siríaco refinado carpinteiro, educado, falante de línguas estrangeiras, acostumado à vida de Corte, o homem tigre agora velho reconstituía suas lembranças onde fervilhava uma multidão de outros personagens e episódios que alimentam o fôlego da leitura. Aí aparecem a beata D. Maria I, o cirurgião McCormick, o traficante de escravos Jacques La Fosse, a anã negra D. Roza do Coração de Jesus, Marcelino, o anão índio, a infanta Carlota Joaquina, D. Pedro de Luanda o anão com voz de canário, o pintor José Conrado Rosa que fez o retrato dos anainhos junto com Siríaco, a prostituta Carmelita, o abolicionista Ricardo Fontoura, o boticário Pereira, o Coxo, enfim, uma galeria de retratos que ressuscita tanto Lisboa quanto a ilha Santiago no início do século Dezenove. As cenas da vida dos dois protagonistas se sucedem num ritmo incansável, e são tão variadas que o leitor não se cansa nunca.

Se o romance histórico coloca em cena uma realidade possível, ele é também um espelho de nossa época. Ao contar a história de Siríaco e Darwin, Arena sublinha a necessidade que temos de nos integrar a um tempo mais humano. Tempo no qual os protagonistas permitiram e encorajaram o encontro de mundos diversos. Cujas passarelas foram feitas de cumplicidade, escuta e curiosidade. Em que a cor da pele não significava superioridade ou submissão, mas ensejava empatia pelo Outro, exercício tão mais necessário em momentos de intolerância. "Não sou eu um homem e um irmão?" perguntava-se o avô de Charles Darwin.

Mergulhado numa visão do passado, mas também do presente, Joaquim Arena soube orquestrar um complexo de informações no qual real e ficção se misturam de maneira íntima. E resultam num texto elegante e penetrado de erudição. Em *Siríaco e Mister Charles* o autor nos oferece o prazer de uma viagem simultaneamente sensível e instrutiva. Uma viagem da qual não queremos mais desembarcar. Ganhador do prêmio Oceanos e merecedor de tantos outros, Arena parece nos perguntar: porque não lemos mais romances históricos?

Mary del Priore
IHGB, IHGRJ, ACL, APL, PEN club do Brasil

1

Ilha de Santiago, Cabo Verde,
agosto de 1834

A NOITE VAI MORNA, SUAVE. O velho negro de pele malhada sabe, porém, que ela não lhe será breve nem calma. Nenhuma das conversas ou risadas que ecoam em volta, nessa taverna da vila da Praia de Santa Maria da Esperança, é suficientemente forte para lhe suavizar a dor que o tortura. Tem vindo a atacá-lo, nos últimos tempos, na forma de um desequilíbrio e embrutecimento. Desses que desestabilizam humores e sentidos, e tornam qualquer pessoa indiferente ao que se passa em volta. No seu caso, aos que atravessam a praça, entram na taverna, eclipsando o que ainda resta do entardecer; ou àqueles que apenas lhe dirigem um olhar desinteressado. A sua perda é irreparável. Será igualmente injusta e do conhecimento de todos, numa terra em que a face da morte passeia por entre o soluço dos inocentes e a brisa breve do fim de tarde. Chega também com a seca que varre os campos desta ilha de Santiago de Cabo Verde, deitando por terra plantas, animais, pessoas e atiçando cães vadios. Estes dardejam pelas ruas, já espectros de um outro mundo. O vento seco da estiagem traz consigo a indiferença do oceano e os murmúrios ancestrais da costa de África. O suficiente para lhe tornar a angústia numa luta vã contra o tédio. Siríaco, velho felino amortalhado em mágoas antigas, arrisca-se a que o coração, antes de parar de vez, se lhe desfaça como barro seco.

Do seu canto da taverna, prepara-se para mais uma viagem pela memória, em silêncio. Os olhos estão cansados, fixos no chão, de onde parece fitar a morte na forma de uma mancha negra. Não lhe cabe a mais breve sombra de vida. Sequer para reparar nesses três soldados portugueses, sentados numa mesa ali por perto, em cujo olhar reluzem traços de uma inequívoca conspiração. Um respingar, quem sabe, da refrega que por estes dias vai pelo reino, entre os filhos de D. João VI. Tudo em volta, as vozes semiembriagadas e o vento arrastando folhas pela praça, não é mais do que o eco da rotina fútil do pequeno burgo. Comenta-se, pelas vendas e outros comércios, por entre famílias e passantes, o pesadelo da fome que já vagueia pela ilha. A mortandade hasteou a sua bandeira vai já para três anos. E, enquanto durar, ceifará para cima de trinta mil almas pelas ilhas e muito gado nos campos. Almas a quem não chegará sequer um grão de milho dos dois navios carregados, mandados vir da Gâmbia por um armador da ilha da Boa Vista, nem os mantimentos que neste momento estarão a ser recolhidos pelas cidades dos Estados Unidos da América do Norte. Chegarão em oito navios — como poderão confirmar os que até lá resistirem —, em forma de esmola, para algum alívio do governador e do bispo, eternamente gratos à filantropia americana. A calamidade abateu-se sobre as ilhas — abandonadas por Lisboa, com uma guerra civil em mãos. Os tempos, de fato, não estão para contemplação. A esperança nesta terra caminha moribunda. No entanto, todos os olhos e prioridades estão longe daqui. Mesmo as receitas da apanha da urzela, líquen precioso para tingimentos abundante nas ilhas e muito procurado nos mercados europeus, foram empregues no financiamento da guerra que grassa pelo reino. O argumento é simples: o governo não tem a obrigação de alimentar as populações. Assim mesmo. Mas tal não impede que alguns dos habituais clientes da taverna conversem alegremente, inclusive se riam alto, batendo com os pés no chão ou as mãos no balcão. Satisfação e felicidade em tempos de miséria e morte. Lá fora o vento sopra com mais força. Ninguém pode mudar o que já está em andamento. E o que não tem remédio, remediado está, dirá qualquer um destes clientes, proprietários agrícolas do interior da ilha ou ainda algum funcionário administrativo da sonolenta província atlântica portuguesa.

2

Chamar-te-ei Siríaco, velho, que foi o teu nome próprio de batismo, bem antes de as trevas e o lume brando dos dias fazerem de ti menino-onça ou negro "pigarço", e de eu poder, aqui e agora, escrever a tua história — a vida extraordinária do homem coberto pelo manto do espanto e do mistério. E nesta noite, de vento e de forte maresia, a pergunta que te assola, nesse canto da taverna, tem a forma de uma espada sobre a tua cabeça: terá sido essa tragédia, que levou Aurélia tão cedo, um castigo por não teres seguido viagem e acompanhado a família real para o Brasil? Terá sido o preço a pagar por teres abandonado a tua rainha, príncipe e netos, ela que te protegera e tudo fizera, desde a tua chegada a Lisboa, menino, para que tivesses uma boa educação e te tornasses um homem; um homem negro e livre como muitos, livre-alforriado, honrado e preparado para a vida? Poderia ser um castigo por teres desertado, dessa forma vil, da *Rainha de Portugal*, onde viajavam Maria Francisca de Assis e Isabel Maria, as duas infantas do príncipe D. João e D. Carlota Joaquina, logo após consertarem as velas e os estragos causados pela tempestade e pouco antes da sua partida da ilha de Santiago rumo ao Brasil? Na verdade, quem poderia dizer que a tua atitude não foi, de fato, uma infâmia, um exemplo de alta traição e crime de lesa-majestade? Desertar precisamente nesta hora dos aflitos e comoções em que as infantas e a rainha D. Maria — que apesar de velha e tresloucada de pasmar muito zelava e orava pelos seus súbditos — necessitavam de ti, do seu preto malhado, que ela conhecera ainda púbere, olhos de cabrito espantado, tanto quanto de todas as famílias nobres que decidiram largar tudo e acompanhá-la, fazendo-se ao mar, em debandada, com as tropas do invasor Junot aproximando-se de Lisboa, não olhando a meios nem a sacrifícios, ao lado de D. João regente, das princesas e ainda dos príncipes Pedro e Miguel, decididas a enfrentar todas as tormentas possíveis e imagináveis. Pobre Aurélia da tua memória e coração. Pobre de ti, Siríaco. Quantos anos se passaram desde que chegaste à ilha e te apaixonaste? Quantas ondas subiram e desceram a Praia Negra? Quando passaste tu de rapaz a homem-tigre?

Recordas-te de como, dez anos antes, quando Aurélia morreu — dessa febre repentina que a levou em três dias —, rasgaste os retratos a carvão que fizeste do seu rosto e que foram ficando pendurados pelas paredes da vossa casa? Foi a expressão imediata da tua dor, o momento insuportável da perda e da injustiça. Os traços da sua graça e juventude, destacados nesse seu gesto espontâneo da timidez. Desenhos que lhe agradaram tanto o espírito, embora a educação rígida da terra contivesse qualquer expressão de vaidade. As melhores imagens são as vivas, cujas formas percorrem os labirintos do coração — secretíssima residência, aonde desejamos todos regressar. Aurélia conhecera desde muito cedo essa tua paixão pelas artes. A pintura e a música acompanharam-te quando desembarcaste nestas paragens remotas. Tinham desabrochado em ti como flor em pau tosco, por influência de artistas e mestres que frequentavam a corte, em Lisboa. Arte essa que era tudo e que de nada te podia valer agora. Restava-te viver apenas com a memória da tua falecida mulher e ir buscar, lá nos seus confins, o som da sua voz e a justeza das suas palavras de mulher, mãe e amiga. Não fazia qualquer sentido, pensaste, ficar a olhá-la num pedaço de papel pendurado, que iria igualmente envelhecer e desbotar com o tempo. Dez anos se passaram, é verdade. E se alguma coisa trouxeram foi mesmo essa certeza de que a fuligem do tempo alimenta o esquecimento, mas não esbate os efeitos da dor. Apenas a decanta, acrescentando à infelicidade mais uma ruga breve, um travo mais seco e amargo. A aventura da tua simples existência só ganhara sentido, de fato, com a chegada de Aurélia. E agora, mais do que a dor, o seu desaparecimento físico deixa-te essa promessa de desespero, sem que haja refúgios internos que te possam acolher, por mais indigno que te aches de tudo o resto; do quanto sobra à tua volta, misturado com o álcool, que queima as tuas misérias — passadas e presentes. E assim, desta forma, estabeleceste no teu íntimo os limites mínimos para esta tua austera viuvez. O campo santo do teu supremo exílio.

E poderão estar todos estes anos de felicidade, ao lado de Aurélia, indelevelmente ligados a uma má decisão? De modo algum, dir-te-á, naturalmente, a voz da consciência. Fora antes o teu primeiro gesto de soberania pessoal. Ato primário de liberdade e amor — e por amor, sobretudo. Talvez o primeiro que alguma vez tomaste em toda a tua vida, velho tigre; já tardiamente, é verdade, se é que a liberdade e sua expressão têm prazo para se materializar em voo inescapável. Um voo que se iniciara vinte e dois anos antes, quando a face doce e melancólica de Aurélia surgiu por entre a agitação que ia em torno do poço de aguada da vila da Praia. Descortinaste-a, casualmente, por entre gente andrajosa e descalça, cães vadios e gado sedento. Lançaram-te um olhar de espanto, quem é este, de onde surgiu agora este preto de cara manchada de cal, e admirados por nunca terem visto um homem como tu por ali. Um momento eventualmente de troça do povo negro e mulato da ilha, ante a aparição e os modos esquisitos dos homens que te acompanhavam, trazendo barris também para abastecer. Eram marinheiros e criados brancos de condes, marqueses e outros futuros nobres portugueses, que descansavam nas naus, recuperando da náusea coletiva e afugentando os piolhos e outras pragas, depois de terem sido obrigados pela tempestade a lançar âncora na baía da vila da Praia de Santa Maria, e que não viam a hora de se fazerem de novo ao mar, que a rainha e o príncipe já lá iam, a caminho do Brasil. Ninguém soube explicar, tampouco — porque ninguém suspeitou —, por que razão o olhar daquela mulher jovem de pele luzidia, depois de inadvertidamente pousar sobre o teu, resvalou do espanto para o sorriso, deste para a timidez, e rapidamente para a vergonha, antes de provocar em ti um terremoto nunca antes vivido. Que vira ela em ti, para lá daqueles risos e da chacota popular, em volta?

Nesse dia, regressaste à *Rainha de Portugal* trazendo na retina aquela figura que se movia com uma graça virginal. Recordaste-a, ao longe: o pote de água na cabeça, balanceando docemente as ancas, num alvo linho, tomando o caminho de volta para a vila. Marcou-te a nostalgia no olhar. Arrumaste a rabeca, os pincéis, a preciosa alforria e o resto dos teus parcos pertences num saco. Contemplaste aquela gente que mais te pareceu um grupo de desterrados ocupando a fragata *Minerva*, igualmente tresmalhada na tempestade que separou a frota real nas proximidades deste arquipélago. A brisa marinha trouxe-te um coro de lamentos e vozes que chegavam desta embarcação destinada a militares, fidalgos com os seus criados, padres e cónegos, ancorada ali por perto. Homens, mulheres e crianças, da mais nobre linhagem, como os vias, nas suas vestes encardidas, os cabelos maltratados e espalhados, flutuando pelos ombros. Tinham olhos mal dormidos, pregados no chão ou na vastidão das águas; os olhos grandes e outrora formosos das senhoras, indiferentes à terra aonde vinham de aportar e absorvidos nas mais profundas e tristes meditações. Entre eles havia funcionários públicos, marinheiros, soldados, criados, alguns negros como tu, que se espalhavam pelas duas embarcações, muitos dormindo ao relento no tombadilho, sem muito que fazer, provocando-te um sentimento de respeito e de temor, perante a sorte daqueles infelizes. Sentiste um leve estremecimento ao lembrar o sorriso tímido da jovem do poço de aguada. Estes pensamentos acompanharam-te enquanto te empenhavas em cumprir com as tuas obrigações diárias, como despejar no mar os dejetos da noite anterior, e que só tu sabias serem as últimas. No momento da partida, contemplaste a fileira de casas sobre o planalto, à luz da lua cheia. Lembrou-te um castelo nos trópicos. Ficaste maravilhado e admirado com o seu reflexo nas águas da baía. Trespassou-te uma inaudita vertigem de coragem e felicidade. Eras um homem ainda jovem, sozinho, sem bens, prestígios ou responsabilidades familiares. Não tinhas obrigações ou outras tarefas para além das de um simples criado. Tudo o que acontecera, naquele poço de aguada, fora tão real como o ruído cavo das ondas desfazendo-se ali na praia. A leveza daquele olhar prendia-te já, como uma âncora, àquela terra árida. Deslizavas sobre as águas escuras da baía, quando de um dos salões da nau *Rainha de Portugal* entoaram o que te pareceu um soleníssimo hino de louvor a Santa Bárbara ou São Cristóvão. Mas só escutaste um leve rumor, Siríaco, misturado com o vento e o ruído da água, porque já alcançavas a praia, no bote de um pescador. A tua vida mudava naquele momento, naquele lugar.

3

No interior da modesta casinha de pedra, nessa encosta do monte, o espanto inicial causado pela sua imagem foi sendo esquecido. A esmerada educação, trazida da corte, serenara dúvidas e receios quanto à sua verdadeira pessoa, deixando alguns de boca aberta. Mesmo os mais reticentes calaram as desconfianças, os comentários e os mexericos sobre a origem e as razões daquele *pretu madjadu*. Para além da madrinha, a vigorosa Nha Valentina, com quem Aurélia vivia, na vila da Praia — e que permitiu que ele, um homem estranho, com essa espécie de sinal divino na testa, lhe falasse das suas reais intenções —, conseguiu, com a habitual paciência, impressionar também pais, avós, tios, primos, sobrinhos e demais familiares e amigos da rapariga badia. Ali estavam todos reunidos, os que couberam dentro e os que ficaram cá fora, sentados no poial, para conhecerem e abençoarem aquele estranho noivo com pele de animal. O pai de Aurélia deu o seu acordo, ao cabo de alguns dias, e mandou matar o seu maior porco para a boda. Na festa do batuque, organizada pelas mulheres, comentavam-se os seus modos. Escrutinavam-lhe o português reinol perfeito, naquele mínimo de palavras e riqueza de vocabulário. Ficou claro para todos que quem falasse assim, de maneira fina e elevada, apesar de tímido, só podia amar e cuidar com a mesma palma da mão macia e estendida, e com o coração desprendido. Nessa primeira noite, depois de consumado o matrimônio e do tiro de espingarda pela janela, sossegando pais e parentes sobre a pureza da noiva, a jovem perguntou-lhe — no crioulo da terra — se o pai e a mãe também eram assim, tigrados como feras ou malhados como uma vaca. Siríaco sorriu e respondeu que não. Era o único de quatro irmãos, que também poderiam ter saído bezerros ou onças-pintadas; o único igualmente na região de Cotinguiba, e em toda a capitania de Sergipe Del Rey, até à Bahia. E mais não disse. Nem foi preciso. Para Aurélia, que ignorava a existência de brasis, sergipes, bahias e de outras lonjuras d'aquém e d'além-mar, foi o suficiente. Passou-lhe a mão suavemente pelo peito branco, lá onde essa mancha escura, em forma de ilha, parecia assinalar as fronteiras do seu próprio coração.

Foi no engenho de Princeza da Mata, perdido nesses campos de cana de Sergipe Del Rey, que o menino Siríaco descobriu, muito cedo, que era diferente. Primeiro, no olhar distante e abjeto que a mãe lhe dirigia, com o seu olho esquerdo vazado, em forma de moeda de prata; depois no dos irmãos, que o olhavam como uma criatura que só podia ser portadora de maus presságios. Siríaco era o último dos quatro filhos de Thomázia e José Leocádio, juntamente com João, José e António, escravos crioulos de segunda geração. Pertenciam ao coronel Floriano de Oliveira e a D. Victoriana, casal que derrubara mata e se instalara no vale do rio Cotinguiba, ia para mais de vinte anos. A nova cultura da cana, mais rentável e que aproveitava os bons solos de massapé, substituiu a criação de gado, dos inícios da capitania. Mestres-açucareiros vieram da Bahia e de Pernambuco para ensinar os rudimentos da produção. E foi dessa forma que a prosperidade chegou à região sergipana, criando fortunas, vilas de sobrados e casas comerciais, nas margens do Aracaju, do Cotinguiba e dos seus afluentes. No dia em que Siríaco nasceu, Thomázia entregou-o a Vicência, jovem escrava também da senzala, e, enojada, como se acabasse de sair de dentro de um buraco imundo, pediu-lhe: "Leva daqui esta coisa e deposita-a à porta da igreja de Santo Amaro". Mas Vicência não foi capaz. Voltou para trás a meio do caminho com o bebê nas mãos — ambos a chorar —, enrolado no pano, como o havia recebido. Thomázia fulminou-a com o olho vazado, a marca de um castigo antigo. "Maldita sejas, Vicência!", exclamou. O respeito que os outros escravos do engenho demonstravam por Thomázia era mais uma expressão de temor do que outra coisa. A sua rebeldia fizera fama na região. Fugira duas vezes do engenho. Na primeira, ainda bastante nova, meteu-se pelos matos, até que a fome a obrigou a regressar, três semanas depois, meio esfarrapada e escanzelada. Da segunda vez, aproveitou os festejos de São João e esteve escondida mais de seis meses, saltando de rancho em rancho, na companhia de outros escravos também fugidos. Até que um capitão do mato a encurralou num barranco e a laçou como um bezerro, arrastando-a pelo caminho. Contava-se, antes disso, que ela ainda esventrara um negro boçal, também fugido, que tentara violá-la nos matos. No engenho de Princeza da Mata muitos acreditavam que ela possuía poderes mágicos, sobrenaturais. Inclusive o feitor.

4

O velho recordava como, dois anos antes, durante a sua passagem pela ilha de Santiago Mister Charles e Mister Mc-Cormick tinham interrompido as suas pesquisas científicas no ilhéu de Santa Maria, na baía em frente à vila da Praia, para lhe perguntarem: *"Would you let us take a look at your body, at your skin, Mister Siríaco?"* Era o mesmo desejo que meio mundo tinha em saber até onde ia a mancha leitosa que Deus ou o demônio haviam derramado sobre ele. Esta pele, que o cobria como um manto branco esburacado, sustinha-lhe a alma, os medos e o pensamento. Assim, foi como se lhe pedissem para que levantasse a roupa e expusesse o mapa da sua miserável condição.

Mister McCormick ficou maravilhado. Nos seus muitos anos como cirurgião de bordo, afirmou, nunca tinha visto nada igual. Começou por lhe medir a cabeça com os dedos, tocando-lhe delicadamente na testa e nas têmporas. O velho ficou de pé, imóvel, enquanto os dois ingleses do *Beagle* o escrutinavam de vários ângulos. Não deixava de ser uma sensação agradável, ser alvo da atenção de dois sábios estrangeiros, que o tratavam com respeito. Mister Charles comentou como a forma da mancha nacarada, na sua testa, lhe lembrava os contornos do mapa de África. Na verdade, a imagem pareceu-lhe retirada de um *Kunstkrammer*, de um desses gabinetes de curiosidades de que ele gostava e que existiam pela Europa, desde o século XVI: a pele humana, como a de um raro felino, exposta ao olhar dos curiosos, enquanto objeto de estudo de uma coleção particular, ao lado de um chifre de unicórnio e de outras peças exóticas. Mister Charles sentiu-se comovido com o que via. Não podia deixar de classificar de mágico, um exemplo de anomalia que emanava particular beleza e encanto. No final da experiência, comentou com Mister McCormick, cirurgião e naturalista interessado nestes fenômenos naturais, "Imaginemos que a mancha cresce e que cobre por completo o corpo negro onde surgiu, à nascença, dos pés à cabeça, de forma natural, e que, chegado à idade adulta, o negro, que assim o era, branco como a cal se tornou, róseo nalgumas partes mais sensíveis, confundindo regras, leis, tudo e todos, confirmando que, afinal, negros podem tornar-se brancos, mas estes nunca em negros". O cirurgião respondeu então, incrédulo com as palavras do ingênuo aprendiz de naturalista, "Que coisa indesejável e repugnante, meu caro Charles!", antes de pegar num lápis e começar, ele próprio, a fazer um esboço do corpo negro branco.

 Esboço, quadro, lápis de carvão, tinta de óleo, telas, papel. Na figura do cirurgião inglês, Siríaco recordou os mestres Manuel Joaquim da Rocha e Conrado Roza, pintores da corte de D. Maria que, ainda no século anterior, quando ele mal completara doze anos, acabado de desembarcar na capital do reino, lhe haviam retratado os "raros e célebres acidentes", tendo o primeiro recebido da rainha piedosa a simpática quantia de 40 mil réis pela tarefa, em dois quadros.

5

Entre uma imagem e a outra decorreu essa sua vida estranha e singular. Uma existência despojada e de uma humildade quase beata, que o levaria a ver como natural os atos de violência e a tepidez das relações humanas. Começara no momento em que Siríaco se despedia da mãe, Thomázia, que o olhou mais aliviada do que triste. À exceção das escravas Vicência e Germana, o menino malhado sentiu no ar a indiferença de todos quantos o viram desaparecer na carruagem, ao lado do seu dono e senhor, o coronel Floriano de Oliveira, que o iria entregar, como prometido, ao governador e capitão-general da Bahia, D. Rodrigo Menezes de Noronha. Mas não era indiferença, como ele agora sabia. Talvez fosse antes uma imperturbada satisfação, sufocada por dentro, por saberem que um filho da sua senzala, apesar desse defeito de pele inexplicável, animalesca virtude, iria conhecer Salvador e quem sabe que mais paragens por esse mundo fora. Uma viagem que lhe antecipou, naquilo que foi ouvindo pelo caminho — após entrar no navio e deixar a barra da cidade de São Cristóvão —, a tumultuosa São Salvador da Bahia, o banho de água de folhas de malva e cascas de laranja, fervidas, pela mão das freiras do Convento de Nossa Senhora da Conceição da Lapa, como lhe disse a Madre Superior, "para tirar o cheiro a animal e a imundice da tua raça". Siríaco recebeu o primeiro conjunto de roupas da sua vida e admirou, encantado, o coro dos sinos das inúmeras igrejas, sobrepondo-se sobre a cidade e ecoando ao longe, até ao dia do embarque, em forma de prenda — mercadoria preciosa —, expedida para o príncipe D. Jozé, herdeiro do reino de Portugal, e que deveria ser bem tratada durante os dois meses que iria durar a travessia até Lisboa.

E ESSE FOI O INÍCIO DE UMA HISTÓRIA IMPROVÁVEL, que ele vem contando nestas cartas, enquanto espera o regresso de Mister Charles. Cartas escritas no silêncio da sua casa ou à mesa da ruidosa taverna. Apesar da idade, o velho é um homem tímido, inclusive na arrumação das ideias no papel. Nelas revela, sem desvendar, como transformou o que poderia ter sido um pesadelo em preciosa e vantajosa curiosidade. A viagem transatlântica foi vivida, de início, como um incidente peculiar, de que parecia ser um mero observador impassível. O rapaz de Cotinguiba iria perceber rapidamente o alcance e o poder que a alva mancha poderia ter para o resto do mundo, particularmente para a família real. As portas da vida pareciam estar a abrir-se para ele. Mas continuava a temer as palavras. Temera-las desde muito cedo, especialmente na boca da sua mãe e dos irmãos. Podiam magoar, trazer-lhe dor e tormento. Era sempre o último a comer — quando sobrava — e divertiam-se a humilhá-lo, chamando-lhe nomes, nessa sua condição entre bicho e gente, arredado para um canto da casa. Assim, era preferível levantar a camisa e deixar que cada parcela do seu corpo falasse, cada mancha, cada um dos caninos, unhas ou garras imaginárias, que por si só podia contar a sua história e revelar-se plena de significações. Mesmo que perturbadoras, inspirando irritação e desconfiança à sua volta.

6

Do canto da taverna, o velho lança mais um olhar aos dias que viveu — uma vida em nada aveludada. Quase sempre sondando o ambiente em volta, qual animal que fareja de onde poderá vir o golpe inesperado dos ressentidos. Siríaco recupera memórias nebulosas, agora mais desguarnecidas: as salas e os salões dos palácios reais, os claustros e os jardins que conheceu em Lisboa. Servem estes retiros como forma de combater o ocaso que se lhe vem anunciando triste e solitário. O velho distingue formas e atos, diversidade de circunstâncias. Mas são cansativos estes solilóquios, levando-o a perder-se na confusa cronologia. A idade avança, quebrando-lhe o instinto e o modo e é como o reflexo na água do tanque. Revela uma aparência enganosa das lembranças. Por brevíssimos instantes, imagina o jovem naturalista inglês percorrendo outras paragens do mundo, no lombo de uma alimária, como fizeram juntos, pelas achadas da ilha de Santiago. Mas é o suficiente para o aliviar desta noite pesada e sombria. Mister Charles não tardará a escalar a Praia. Assim espera o velho Siríaco.

***

Durante anos, foi mais conhecido por Siríaco Malhado, tocador de rabeca e construtor de botes, telhados, móveis e batentes de portas e janelas da vila da Praia. Um mestre carpinteiro respeitado e muito solicitado por governadores e comerciantes. Havia quem jurasse a pés juntos que o negro da mancha branca na testa também era vidente, adivinho. A palavra passou por entre os habitantes da vila e mesmo um pouco por toda a ilha. Mas ninguém se aproximou ou teve coragem para lhe encomendar qualquer serviço. Era também homem de confiança, primeiro de Mister Samuel Hodges Jr., o cônsul dos Estados Unidos da América na vila da Praia, e depois do seu sucessor, Mister William G. Merrill.

Para os locais, Siríaco nunca deixou de ser essa figura indefinível, assaz misteriosa. Era presença habitual nas cerimônias e festas dos dias santos e outras efemérides, como durante a aclamação e pelo aniversário natalício de El-Rei D. João VI, que conheceu ainda rapaz. Com a sua jovem mulher pelo braço, e num terno velho escovado e chapéu roto, Siríaco atravessou a praça da vila, engalanada de véspera para os festejos, que começaram logo pela aurora. Sentiu Aurélia estremecer com as primeiras salvas da bateria. Juntaram-se depois ao povo, que se dirigia, aos magotes, para a amurada do planalto, para ver como os barcos na baía tinham amanhecido embandeirados, em honra de El-Rei. Caminhava orgulhoso ao lado da sua formosa mulher, envolvida em belos panos de algodão, colar e lenço branco na cabeça, em forma de coroa, sorridente e feliz. Cumprimentaram a Viúva de La Rochelle, o governador António Pusich e a mulher, D. Ana Maria Isabel Nunes, e o seu secretário, e ainda alguns funcionários da Câmara, comerciantes da vila e proprietários agrícolas de São Domingos e Santa Catarina, que tinham vindo para a festa. Por volta do meio-dia, o cortejo deixou o Palácio do Governo, arrastando consigo o bispo, representantes das câmaras da cidade da Ribeira Grande e da vila da Praia, autoridades, tanto civis como militares. Oficiais e pessoas de bem da terra foram seguindo atrás do retrato gigante de El-Rei, antes do jantar que o governador, abrindo os cordões à bolsa da fazenda pública, iria ofertar às autoridades e à gente mais grada da terra.

Pelas últimas salvas, já o povo preenchia por completo a praça da vila, como Aurélia, encantada, fez notar. O cortejo formou-se, novamente, após a parada militar — numa pomposa e provinciana solenidade —, desta vez rumo à igreja matriz, onde Siríaco se emocionou, até às lágrimas, juntamente com a Viúva de La Rochelle e mais três senhoras elegantes, brancas filhas da terra, com o *Te Deum Landamus* entoado pelo bispo, acompanhado pelos cônegos do Cabido, os frades de São Francisco e o clero secular da terra.

No regresso a casa, admiraram as casas da vila e o palácio maravilhosamente iluminados, depois do baile de contradança e outras valsas inglesas, de que Aurélia tanto gostava, e de terem escutado o hino patriótico e se perdido, por mais de uma vez, nos versos rendilhados de um poeta madeirense.

Versos esses que Siríaco recordava, agora, no seu couto solitário da taverna, como fragmentos de algodão velho, deixado por colher. Mais uma noite chega ao fim. Como sempre, o velho tigre esforça-se para que a memória não o atraiçoe e traga de volta as más recordações do engenho do Cotinguiba — os escravos velhos, doentes e moribundos, a face entediada dos seus irmãos e Thomázia afogada no seu poço de desesperança.

Siríaco levanta-se e abandona a taverna, no habitual silêncio, sem testemunhas, choro infante ou tosse enferma, depois do aceno para o balcão. Apenas o vento.

7

Vila da Praia, janeiro de 1832

A VILA ONDE SIRÍACO E MISTER CHARLES iriam encontrar-se ficava no recôncavo da baía da praia de Santa Maria, sobre um planalto, trinta metros acima do nível do mar. Substituíra, em 1770, a cidade da Ribeira Grande, a três léguas de distância, como a capital da ilha de Santiago e da Província de Cabo Verde. Mais de cinquenta anos após a transição, o governo colonial não havia construído sequer um cais de desembarque. E só muito recentemente os casebres com teto de palha e ramos de palmeira começavam a ser substituídos por casas de pedra e de telha francesa ou de madeira. Siríaco foi um dos poucos mestres carpinteiros a quem não faltou trabalho durante este largo período. Porém, o maior motivo para alguém se lembrar da existência do povoado terá sido a Batalha do Porto da Praia, ocorrida em 1781, entre ingleses e franceses (aliados dos americanos), e registada na tela pelo pintor francês Pierre-Julien Gilbert. O embate histórico, testemunhado de camarote pelos moradores, aconteceu durante a chamada Segunda Guerra da

Revolução Americana e envolveu dez navios, com um saldo de 129 mortes e 362 feridos. Ambos os lados clamaram vitória. Porém, o pior inimigo de todos era mesmo o clima insalubre.

Quando Siríaco aqui desembarcou, em finais de 1807, integrando a frota real, a ilha de Santiago era conhecida pelos portugueses como "matadouro de europeus". Uma verdadeira "tumba" para os agentes administrativos, destacados por obrigação de ofício, que passavam a maior parte do tempo doentes. Durante a época-das-águas, que ia de agosto a outubro, governadores, padres, ouvidores e grande parte dos funcionários fugiam da canícula e das febres mortais refugiando-se, com as suas famílias, nas partes mais altas da ilha, e noutras bem mais frescas e acolhedoras, como a Brava. Apesar das secas cíclicas e das fomes que causavam grande mortandade na população, o efeito das chuvas na vila e arredores podia ser devastador. Criava pântanos mortíferos nos vales limítrofes, lamaçais nauseabundos, e destruía habitações, hortas e culturas. Quando o sol, finalmente, surgia por entre as nuvens, os moradores conviviam, durante dias, com um cheiro de merda humana que subia das encostas do planalto e do bosque da Várzea — o vazadouro das latrinas — e se metia pelos becos e praças da vila, pelas portas e janelas, descendo depois, ao entardecer, em direção ao ilhéu de Santa Maria, para se diluir na maresia triste e oleosa do Atlântico.

Uma vez por ano, por altura das festas de Nossa Senhora da Graça, a vida simples e miserável dos seus habitantes era brevemente aliviada. Começava com o frenesim das vendedeiras nas suas bancas de peixe frito, linguiça, milho assado e torresmos, na praça central. Os homens apanhavam bebedeiras colossais de aguardente de cana, dos alambiques caseiros ou da Ribeira Grande e de São Domingos. Dançava-se o batuque pela noite dentro, nas ruelas, becos da vila e arredores, até acabar tudo em rixas sangrentas, numa troca de lanhos pelos braços e na face, envolvendo escravos e forros, para escândalo do bispo. Entre os meses de dezembro e março, uma poeira branca, fina como farinha, oriunda do deserto do Saara cobria o arquipélago, provocando tosses e doenças respiratórias nos mais novos e infiltrando-se por todos os recantos possíveis da memória.

FOI NUMA DESSAS MANHÃS TRISTES E OPACAS que os moradores viram o *Beagle* entrar na baía. Apesar do último grande ataque de piratas ter ocorrido há mais de um século, a aproximação de navios estrangeiros inquietava sempre a população. Porém, devido ao porte da embarcação, houve quem dissesse que talvez fosse mais uma daquelas *three masters* com marinheiros de várias proveniências, que se ficavam pelos mares do arquipélago em campanhas de pesca da baleia. O velho Siríaco habituara-se a vê-los chegar e partir, depois de umas breves palavras trocadas com algum desses homens mais viajado e curioso por saber as voltas da sua vida e comparar aquela marca indelével na sua cara e no corpo com outras curiosidades humanas encontradas pelas margens do mundo. E assim, o povo da pequena vila da Praia observou aquele grupo de oficiais acompanhados por homens rudes do mar enterrando os remos na água, como Siríaco também os vira fazer no bote que o trouxera à ilha, vinte e dois anos antes. A ordem de desembarque fora dada logo após a chegada de um bote com quatro remadores negros possantes que transportava o capitão do porto da Praia e secretário do governador. Era um mestiço português de suíças grandes, luvas brancas encardidas, calças de nanquim e colete branco, e segurava um guarda-sol em tons de azul e rosa fora de moda. Depois de subir a bordo e das formais apresentações, tirou o chapéu e disse, para que todos ouvissem, "Esta ilha pertence a El-Rei D. Miguel!" O capitão e os oficiais entreolharam-se, sem entenderem o que o homem queria dizer, mas julgando tratar-se de alguma saudação habitual. Concluídas as formalidades, dois botes foram descidos a braços, os remos em par, voz de comando, e o grupo de súditos de Sua Majestade britânica riscou lentamente a baía, no ar quente da tarde, rumo à Praia Negra. Os oficiais e os marinheiros iam ávidos por recuperar o sentido da existência que o chão firme proporciona a qualquer caminhante.

 A fragata da marinha inglesa, que não procurava cetáceos, naturalmente, transportava um passageiro de vinte e dois anos que era um naturalista ainda aprendiz. O seu nome, Charles Darwin. O jovem inglês apresentou-se naquele final de tarde a William G. Merrill, cônsul norte-americano em Santiago, na companhia do capitão Robert Fitzroy e do resto dos oficiais. Os móveis e os objetos do salão fizeram Charles recuar à vida que vinha de deixar em Shropshire. De uma das janelas, podia ver-se toda a baía, onde o *Beagle* parecia pastar, como um animal no campo, por entre mais três brigues e uma escuna de bandeira americana. William G. Merrill, o cônsul, afundou-se numa poltrona de pele escura, puída, e falou em voz alta, querendo mostrar-se um anfitrião à altura das visitas. Charles deu uma olhadela aos livros de uma estante, talvez umas duas dezenas. Numa parte estavam mais bem arrumados e dava para ler as lombadas: obras de Shakespeare, Homero, Robinson Crusoe, e *As Viagens de Gulliver*.

De repente, os ingleses ficaram estupefatos quando Siríaco entrou no salão. Revelavam a mesma estranheza do marquês de Bombelles, o embaixador francês no reino, quando este, ainda no século anterior, visitou o Real Paço de Belém, a convite da rainha. William G. Merrill reparou no espanto das visitas e mandou Siríaco despir a camisa, sorrindo. "Já os tinha visto de mãos brancas e também no cabelo, mas nunca numa tão grande extensão pelo corpo", comentou o capitão Fitzroy. "Dizem que também os há em brancos, como nós", respondeu o cônsul. "Sim, para quem não sabe, passa por uma queimadura", continuou o capitão.

Siríaco tinha-se habituado àquele olhar de curiosidade e repulsa. Era a esperada reação de todos à enigmática, misteriosa, inesperada, demoníaca, por certo, maléfica cor de pele, como comentavam alguns, à boca cheia, pelos salões de Lisboa. No final, diziam, só lhe faltava a cauda para pertencer ao universo fantástico do mundo animal. Mas ele aprendera a ausentar-se naqueles momentos, até que o espanto nos olhares passasse, como uma nuvem que, por instantes, encobre o Sol. Adotara, igualmente, uma paciente timidez, antecipando o efeito da sua imagem na plateia em volta, o ar estupefato e as construções diabólicas. Para o bem e para o mal, continuaria a ser o homem-tigre.

8

Para além dos setenta tripulantes, viajam no *Beagle* cinco passageiros. Três deles — uma menina, um rapaz e um homem jovem — intrigaram fortemente o capitão do porto. Espreitam agora os botes cortando o espelho d'água em direção à terra seca e montanhosa. São figuras distintas, de mãos pequenas e roliças. Sussurrantes na sua fala íntima. Os cabelos são negros e brilhantes. Três jovens índios, que também vieram do outro lado do mundo para pisar o chão seco da ilha. Siríaco convivera com alguns, em criança. Mas estes chegam calçados e metidos em nobres trajes da Europa cristã e civilizada. Respondem igualmente naquela língua dos ingleses, o que lhes fica ainda mais estranho e confuso na sua condição de gente do mato — cerrado e escuro — de arvoredo intransponível, por onde desapareciam como coelhos, para lá do entendimento dos homens e das matas virgens que circundavam o engenho de Princeza da Mata. E não vêm do mato ou de selva alguma. Tampouco de Amazônias floridas e venenosas. Chegam da Londres do Tâmisa e de palácios, catedrais e carruagens faustosas, onde aprenderam a língua imperial dos civilizados e os princípios do

Cristo dos protestantes. Tinham sido para lá levados, um ano antes, pelo capitão Robert Fitzroy, naturalmente a contragosto, depois de os ter arrancado à vida selvagem de semi-animais da Terra do Fogo, ouvirá Siríaco comentar. Agora, os três jovens índios fueguinos estão de regresso à sua terra. Batizarão o velho de *Tigerman*, logo à primeira vista, fazendo com que a tripulação também assim o passe a chamar.

Os três observam as figurinhas humanas que escalam, ao longe, o caminho de cabras que dá acesso ao pequeno burgo para quem vem da Praia Negra. Mas já não conseguem ver a comitiva apresentando os cumprimentos oficiais a D. Duarte de Almeida e Macedo, o governador da província, por entre as habituais vénias de circunstância. Passaram de seguida ao consulado americano, com Siríaco e o filho, Marcelino, num canto da sala, observando e seguindo os salamaleques em língua inglesa, os apertos de mão entre os distintos ingleses e o seu patrão, o cônsul norte-americano, também representante inglês nas ilhas. Passado o espanto pela sua estranha cor de pele, este manda-o ir buscar cerveja e uma garrafa de Madeira, os melhores cálices empoeirados, para receberem condignamente ilustres e distintos súditos de Sua Majestade. No salão, espera-os uma mesa mais do que composta, para regalo de todos: queijo, presunto, bolos, manteiga, peixe fresco, frutas. Tudo servido em grandes pratos de loiça com figuras azuis, num ambiente e decoração de tapetes, quadros e gravuras com motivos de caça, partidas de diligências, crianças brincando com cães e imagens sulfurosas de mulheres europeias, num salão mobiliado à inglesa, que provoca na comitiva uma repentina e nostálgica comoção.

9

É A PALAVRA "BRASIL", pronunciada e entendida com o Z, à inglesa, que lhe fica por instantes no ouvido. Na sua mente, flutua esse barco de nome *Beagle*, que assim foi apresentado ao cônsul, bem como a viagem que está a fazer às terras do sul da América. Deitou âncora nessa baía de Porto Praya, como lhes explicaram, por alguns dias, apenas o tempo de fazer umas medições científicas e preparar a longa travessia.

A conversa é científica, sobre barcos e ventos, correntes e marés, que vão ao encontro da sua fantasia dos últimos tempos, desde a morte de Aurélia: fragatas, galeotas, brigues, corvetas, escunas, mas todos na forma de uma barca fúnebre, provocam-lhe delírios impróprios para um homem de sessenta e tantos anos, seco de carnes, que continua a sonhar com evasão e viagens no calor da noite. Estas são cada vez mais enegrecidas e solitárias, enquanto ele luta com o lençol, o suor, a roupa malcheirosa, o rançoso pelo de carneiro que lhe enche o colchão. Sonha que segura criancinhas nuas e maltrapilhas, abandonadas, que choram de fome, enquanto retém, com dificuldade, o ar precioso da sua respiração. Acorda em busca de uma paz em forma do luminoso azeite de purgueira, que sempre soube estar ali por perto, mas que as apalpadelas não conseguem encontrar. No quarto ecoa o silêncio dos dias, dos meses, dos anos, aqui nesta ilha semi-árida, cortado pelo latejar longínquo do sangue nas fontes de homens como ele, escolhidos para terem vidas estranhas e misteriosas.

E aqui cabe toda a geografia de uma vida: a que esperava viver — embora não da forma como a viveu — e o resto dos dias que a Divina Providência, estranhamente, resolveu conceder-lhe. Haverá uma explicação para o abandono da ideia da felicidade? Na verdade, nada do que viu ou lhe foi dado a viver segue uma ordem lógica. Nenhum sentido ou noção de existência poderia explicar a futilidade com que o quadro das suas mais de seis décadas de vida se lhe apresenta. O certo é que Deus não parece falar-lhe pelos mesmos canais dos comuns mortais. Talvez a sua vida dependa da vontade dessa outra voz, que lhe deu a mão, às portas da morte, quando tinha apenas quinze anos. Siríaco não é mais do que uma canoa ao sabor das ondas da sorte, do azar e dos acontecimentos do mundo. E nada triunfante, pois que no lugar de alguma glória existe cansaço, profunda exaustão, lá onde aflora, por vezes, um secreto desejo de aniquilamento e de condenação, sob a nuvem espessa do remorso e da culpa. Nem o sono, esse último fragmento de felicidade que ao Homem é dado viver, parece resistir nele.

Tenta recuperar a memória desses momentos, ainda em criança, sobre a sua mãe, talvez para se lembrar melhor da sua cara e voltar a escutar o som da sua voz. As forças já lhe faltam para combater a inutilidade que pode dar lugar a esta febre secreta, a um desejo impaciente de morte. Poucas são as distrações capazes de o afastar. A sua existência tornou-se uma fantasia, o que o leva, muitas vezes, a pensar que uma poção letal encomendada a esse português Pereira, o boticário da vila, talvez possa resolver tudo de forma rápida e eficaz. Não é fácil afastar a presença deste fogo sombrio. Pelo contrário. Há momentos em que lhe parece mesmo o melhor aliado possível. Espanta-se com a ousadia do seu espírito, ao pensar-se capaz de planear e executar essa ideia extraordinária. Seria como colocar um fim ao mapa falado do corpo, que o guiou até aos sítios mais inesperados e às pessoas mais improváveis. Perante a ameaça crescente da agonia e de entardeceres insuportáveis, acha-se no direito de decidir o seu próprio destino. Ninguém lhe prometeu uma vida doce e fácil. Ser cristão e temente não o impede de perguntar o que poderá resultar da soma do desespero e da esperança, para além do evidente vácuo. As regras do mundo obedecem a poderes secretos e misteriosos que se digladiam numa enorme e ensombrada batalha, sem que haja qualquer interesse em saber quem é o vencedor. Mas, no final, para seu consolo e desespero, resta-lhe sempre a imagem de Aurélia, embalsamada no fundo da memória, que lhe permite enfrentar toda e qualquer imaginação do medo. O amor e a morte, misturados por entre as cores de um mesmo arco-íris.

10

"A TERRA É POBRE E MISERÁVEL, lugar de pouco ganho nos tempos que correm", diz-lhes o cônsul. Refrescam-se Mister Charles, o capitão Robert Fitzroy e os restantes ingleses, com o jarro de água do pote. A água bebida sob o teto de alguém que fala a nossa língua é sempre mais pura e mais límpida.

"De Lisboa pouco ou nada vem; estes desgraçados estão para aqui largados e se não morrem da doença morrem de fome, quando as chuvas não vêm." Falam depois sobre política europeia, curiosidades marítimas e geográficas. O conhecimento da língua inglesa permite a Siríaco ir fazendo uma ou outra precisão sobre assuntos locais, da vila e seus arredores, a pedido do cônsul. Os negócios praticados localmente, explica-lhes o cônsul, estavam diretamente ligados à costa africana. Os lícitos e os ilícitos. Negociava-se em madeira, pele de bovino, cera de abelha, rum, tabaco, óleo de palma, com vários navios americanos envolvidos. Mas o negócio mais lucrativo continuava a ser o tráfico de escravos, infelizmente, disse o cônsul. E para comemorar a passagem da tripulação por Santiago, William G. Merrill pede a Siríaco que vá buscar a rabeca e toque uma modinha ou melodia inglesa para os convidados. Momentos depois, abandonam todos o edifício da residência do americano, satisfeitos e após terem fumado uns charutos de Havana e provado a aguardente de cana local, que acelera palpitações e tempera este prolongado tempo de apresentações cordiais. Tomam o rumo indicado pelo velho malhado, como lhe pedira o cônsul: "Vai lá com eles, Siríaco, acompanha-os, faz companhia aos nossos amigos especiais".

E assim vai o velho Siríaco, *Tigerman*, e o filho Marcelino, servindo de cicerones aos digníssimos visitantes, encaminhando-os por entre os cheiros da vila, uns agoniantes, outros mais convidativos, para de imediato se verem rodeados por um bando de crianças miseravelmente vestidas, a maior parte mesmo nuas, velhos, mendigos, cegos, inválidos, um par de loucos esfarrapados, todos numa indomável perseverança, as crianças num semicírculo que já envolve a comitiva inglesa, no meio de uma rua reclamada por pessoas, lixo e animais, tal como fazem aos ricos comerciantes em dia de missa ou festa religiosa. Algumas procuram alguma coisa valiosa que puxar para depois fugir a sete pés, e aproveitar esta rara oportunidade para obterem alguma coisa de valor, quem sabe mesmo alguns *shillings* caídos na confusão. Mas aos olhos dos visitantes parecem demasiado frágeis e esfomeadas, maltrapilhas, dignas de pena.

Quando Siríaco ali aportou, muitos anos antes, também lhe pareceu que todas as crianças da ilha suportavam, na sua famélica leveza, o maior de todos os fardos. Como se carregassem uma existência que tinha tanto de absurdo como de tédio, que gradualmente caminharia para o manto de silêncio e desprezo, que mais tarde ou mais cedo caía sobre elas. Conquistou-lhes a confiança, com a sua fala breve e pausada, depois de as atrair com essa enigmática brancura que lhe cobria a testa, a ponta do nariz. Talvez comungassem do mesmo fardo e ele nunca tivesse deixado de ser aquela criança estranha e assustada da senzala do engenho, diferente de todas.

CHARLES FICOU RENDIDO AOS CHEIROS e ao sentir da primeira terra tropical que pisava. Esta parecia estar ali à sua espera, para lhe revelar todos os seus segredos. Uma terra que resistia, desesperadamente, à aridez, aos ventos e às secas prolongadas. Voltando-se para ele, o jovem inglês quer saber onde terá Siríaco adquirido maneiras e gestos de outra classe, muito pouco habitual num homem negro, com pele branca. A pergunta fica no ar.

Mister Charles descobre como o velho negro é tímido, esguio e de poucas conversas. Talvez por ele ser estrangeiro. O inglês não pode imaginar os salões festivos e os faustosos lustres de cristais que os seus olhos viram. Os corredores, pátios e salões dos palácios por onde caminhou, os bailes, o som das orquestras vindas expressamente de Veneza e Milão. Nem o olhar piedoso da rainha D. Maria, ainda na posse de todas as suas faculdades mentais, pousando sobre ele, quando o jovem Siríaco integrava o seu séquito, ao lado das suas damas de honor, dos secretários de Estado, dos anões, das pretas, dos pretos, e dos cavalos brancos. Tardes quentes de grandes passeios e montaria, mas nunca tão quente como está esta para a época do ano. Tudo em volta parece mover-se nalguma direção, reverberando como a água na baía ou a brisa que os vai aliviando da vibração da terra. São europeus pouco habituados ao clima tropical. Tomara, espera Siríaco, que nenhum deles sucumba à "doença da terra".

11

Curioso é este vaivém de botes entre a fragata *Beagle* e o acampamento de tendas, no ilhéu. Os marinheiros ingleses trazem mesas, cadeiras e o que lhe lembram instrumentos científicos de bronze. Do alto do mirante sobre a casa do cônsul, Siríaco observa também como os pescadores da ilha se aproximam da fragata e do ilhéu, nos seus frágeis botes à vela, na esperança de venderam alguma da faina do dia, concorrendo com quem também se faz ao mar com fruta fresca, carne, peixe e aguardente de cana da terra. Todos aproveitam esta nova e rica clientela, abordando-os também nas praias e expondo os produtos: papaias, tamarindos, laranjas, pinhas, bananas, sorrindo perante as dificuldades e a inoperância das palavras, que emperram mais do que ajudam a fazer negócio.

Mas ao jovem Charles, que Siríaco observa passeando sozinho pelo ilhéu, pouco interessa o momento mercantil. Os seus olhos procuram identificar os estranhos animais que circulam por entre poças de água e pedras. Siríaco recorda a maresia da sua primeira viagem; a brisa noturna e o aperto no coração que uma vastidão líquida consegue provocar. O tempo traz aos acontecimentos uma espécie de transparência encantatória e ao mesmo tempo uma incontornável amargura. Mister Merrill, o cônsul, interrompe-lhe os pensamentos, dizendo-lhe que ele poderá ser de grande valia aos ingleses. Talvez seja bom ele ficar ao seu serviço, não só como intérprete, mas para ajudar naquilo que o capitão e os oficiais possam vir a precisar enquanto ali permanecerem. "Não quero que lhes falte nada, não vão esses oficiais nobres emproados dizer lá em Londres que o seu cônsul nestas ilhas lhes faltou com alguma coisa."

Pela manhã e ao entardecer, Mister Charles observa as poças de água e os corais, estuda o ciclo das marés, em volta do ilhéu. Mas falta a Siríaco compreender melhor o interesse do inglês por estas rochas, pelos pequenos seres que vai recolhendo e comentando consigo, em voz baixa. Mister Charles interessa-se pela estrutura das conchas e a composição das rochas. Analisa a ossatura do ilhéu, anotando tudo num bloco: a forma e textura dos rochedos tombados pelo tempo e a força das ondas. Prefere as coisas às palavras. Espírito concentrado, iluminando o rosto num maravilhamento perante os pequenos animais marinhos de cores radiantes: peixes, caranguejos, ouriços-do-mar, lesmas-do-mar, que vai guardando em frascos. Marinheiros ingleses pescam ali por perto, equilibrando-se nas rochas. Siríaco permanece ao lado de Mister Charles. O inglês murmura, entredentes, e depois, virando-se para ele, diz: *"Marvellous, wonderful, Mister Siriaco, would you bring me that jar, please"*, e Siríaco estende-lhe o frasco, segurando-lhe no *stick*, o pau com um gancho na ponta, com que ele vai movendo as pedras nas poças de água. Não necessita de abrir muito a boca para se sentir útil. Basta ficar atento e ser uma presença discreta, mas sempre pronta, e estar na linha do olhar de Mister Charles. Adivinha-lhe as solicitações e guarda a devida distância quando ele toma estes intermináveis minutos de meditação. Por muito que se conheça o mundo, somos sempre pequenos aprendizes, de uma maneira ou de outra. O velho sempre fizera do conhecimento a sua principal arma contra a maldade dos homens. Mantivera esse hábito, desde muito cedo, sobretudo depois de pisar terra portuguesa. Sabia que entre ele e o mundo haveria uma troca difícil e desigual. Observou como apenas um dia de trabalho era o suficiente para Mister Charles se convencer da extraordinária oportunidade de realização naquele ilhéu. Nos dias seguintes, o inglês decidiu investir todo o tempo disponível na recolha de rochas, animais, corais e outras plantas marinhas e terrestres. Escrevia sobre elas, ao entardecer, e consultava livros científicos.

12

Sob a Lua da baía da vila da Praia, Charles sonha que corre pelos prados de The Mount, perseguindo pássaros e borboletas, na companhia da irmã Caroline e de Fanny Owen. Tem os bolsos do casaco cheios de conchas, pedras estranhas e pequenos e misteriosos seres, que vão caindo. Sonha também que alguém os vai apanhando com uma rede para caçar borboletas. É Erasmus, seu irmão mais velho, na sua frágil saúde. Depois de acordar e de o criado lhe servir o café da manhã, Charles observa os frascos onde guarda os animais marinhos recolhidos de véspera no ilhéu. Estranhas formas de vida, algumas já conhecidas, outras nem tanto. Estão empilhados nesse espaço exíguo que lhe está atribuído na cabina do *Beagle*, que tem de dividir com o aspirante Stokes e o jovem King. A maior parte terá de seguir, na primeira oportunidade, para Londres, para serem identificadas pelo seu amigo e professor de botânica John Henslow.

Lembra-se das mazelas daqueles negros e negras, habitantes do pequeno e fétido burgo, a pedir esmola, quando atravessou a praça da vila. Exibiam chagas, aleijões e malformações; virilhas quebradas por anos de excesso de trabalho. Algumas feridas de antigos castigos corporais estavam expostas na esperança de que uma alma mais comovida e caridosa, sobretudo daquelas estrangeiras, lhes desse uma moeda. A cena leva-o a recordar o pai, médico, e a ter mesmo o impulso de lhe escrever a contar o que vira. Especula sobre o que o doutor Robert Darwin, homem que nunca conhecera os trópicos, haveria de dizer perante uma miséria humana tão grande e tão violenta. O cenário era mais degradante do que aquele que Charles se habituara a ver nas ruas de Edimburgo, a caminho da universidade, quando atravessava os bairros que começavam a expor a outra realidade da nova era das fábricas. Um dos pedintes, homem jovem e envelhecido por um bócio de proporções taurinas — a que localmente chamavam "papo" — dirigiu-lhe umas palavras num inglês perfeito, para seu espanto.

Para estes mundos infernais o jovem Charles preparara-se mentalmente. Tinha uma ideia aproximada daquilo que o esperava, como havia lido em relatos de viajantes. Imaginou o que haveria de dizer a infalível intuição do pai perante aquele quadro tão dramático, mas ao mesmo tempo parecendo tão natural. Pensava, ainda, na desilusão que causara ao pai. Quando se é filho, neto, sobrinho e irmão mais novo de médicos, aparentemente só resta seguir os seus passos e manter viva a tradição. Mas Charles não nascera para uma vida de choros, gritos e amputações. A passagem pela universidade só lhe confirmou a repugnância perante o sofrimento humano. A medicina, tal como lhe foi apresentada, apenas servia para enviar homens, mulheres e crianças para a faca do cirurgião. Um pesadelo de doenças, sangue, medo e morte. As únicas intervenções que alguma vez poderia levar a cabo seriam em animais e com propósitos estritamente científicos. Esta declaração, proferida à mesa do jantar, levou o experiente Robert McCormick, cirurgião e verdadeiro naturalista da expedição, a sorrir perante a ideia de o jovem Charles, um *gentleman companion to the captain*, levar a cabo dissecações em animais marinhos recolhidos nas poças de água. Operação, afirmou, reservada apenas aos entendidos na matéria. Seria mais fácil fazê-la nas plantas, gracejou.

13

A CERRAÇÃO DO DIA ANTERIOR AUMENTOU e Charles mal consegue ver a praia. Os contornos dos montes estão invisíveis, cobertos por uma cortina diáfana de poeira suspensa. Mandou recado ao jovem voluntário Musters, para o acompanhar num passeio à parte oeste da ilha. Descem ambos para o bote que os vai levar a terra. Musters traz uma sacola de pano a tiracolo e três pequenas gaiolas, penduradas numa vara, tal como Charles lhe indicou. Poderão ser úteis no caso de apanharem algum pássaro ou animal terrestre pelo caminho. O naturalista tem um saco de couro e um fuzil às costas e está bastante entusiasmado com o passeio. Musters é um rapaz vibrante de olhos de um azul profundo que ainda mal completou doze anos. Juntara-se à tripulação do *Beagle* como Voluntário de Primeira Classe. Charles não esconde a satisfação por os seus pais quererem proporcionar-lhe uma experiência única para a vida. Ele próprio quase esteve para desistir do convite do capitão Robert Fitzroy, perante a oposição do doutor Darwin.

Desembarcam na praia. Charles vai respondendo às suas perguntas sobre o clima árido e desértico que os envolve, e os animais que poderão encontrar pelo caminho. Musters demonstra por que se não lhe dá pela idade e se adaptou tão bem ao balanço do mar — bem melhor do que Charles — e é apreciado pelo resto da tripulação do *Beagle*. Pergunta-lhe ainda sobre pássaros e outros animais, comparando tudo com o modesto conhecimento que tem da fauna e flora inglesas. Musters não perdera a mãe bastante cedo como Charles, mas a separação dos pais destruira o encanto familiar e trouxera-lhe um vazio existencial. O alistamento como Voluntário de Primeira, no *Beagle*, pensou Charles, iria ajudar a recuperar algum laço social e a autoestima, numa viagem que o iria levar para bem longe dos problemas familiares.

Musters não gosta da escola, confessa-lhe. Charles também não a suportava. O naturalista vê no rapaz o reflexo da sua própria juventude. Vêm-lhe à memória as aulas do professor Butler, na escola de Shrewsbury, frequentada também pelo irmão Eras. Detestava o professor e também nunca conseguira esquecer o cheiro do ar viciado, de urina e fezes, do dormitório de uma janela só onde dormiam cerca de trinta alunos. Para não falar na comida horrível, que obrigava os pais a enviarem cestos com frutas e tartes para a refeição dos alunos. As recordações da escola não podiam ser piores. Ao contrário de Musters, as suas únicas fugas aconteciam, depois das aulas, em direção à casa familiar, The Mount, a pouco mais de quinze minutos da cidade. Era onde recuperava a companhia das irmãs e o ambiente afetivo que lhe faltava na escola. No final do dia, tinha de dar uma valente corrida para chegar antes do recolher, se não quisesse ser expulso.

Charles recorda a sensação de liberdade e as descobertas que também foi fazendo, nos seus primeiros contatos com a natureza, nas margens do rio Severn. Momentos que ele revia agora na curiosidade e na energia de Musters. Talvez o rapaz estivesse a viver o mesmo banho de emoção que lhe servira igualmente de fuga a uma vida dita normal e sem muito que contar. A natureza funcionara como válvula de escape, assim como as longas caminhadas dominicais pelas aldeias de pescadores na região de Edimburgo. Aqui sentia o mar em plenos pulmões e recolhia conchas e pedras, que depois anotava no seu diário. Aproveita para observar as poucas plantas que crescem na costa da ilha, rasteiras e solitárias, naquele deserto de pedra e vento. E passando já o Monte Vermelho, decidem descansar sob uma falésia, recuperando o fôlego e o ritmo cardíaco. Charles surpreende então o rapaz ao perguntar-lhe, "O que acha, Mister Musters, da ideia de eu escrever um livro sobre a geologia das terras que formos encontrando ao longo da expedição?", ao que o jovem lhe responde, "Estou certo de que será um bom livro, *sir*".

O *Tigerman*, o negro Siríaco, não era escravo do cônsul americano, como Musters perguntou. Charles sabia-o homem livre que há muitos anos chegara da Europa. Por lá obtivera educação fina, aprendera a ler e a escrever, coisa rara para um negro, explica ele a Musters. O próprio Charles é oriundo de uma família anti-esclavagista, neto de um humanista e livre-pensador que muito contribuíra para combater o tráfico. Musters mostra-se muito interessado nestas ideias. Charles recorda agora a agradável conversa que mantinha, nos seus tempos de estudante, em Edimburgo, com John Edmonstone, antigo escravo e taxidermista, embalsamador de pássaros, cuja técnica ele admirara, impressionado com este homem inteligente e conversador. Durante três meses e ao preço de um guinéu por hora, conta a Musters, aprendeu a esfolar aves com propósitos científicos, aproveitando o trabalho que o negro fazia para o Museu de História Natural da universidade. A taxidermia, confessa-lhe Charles, podia ser bem mais interessante do que a própria medicina, se compararmos essa arte com a dissecação e o desmembramento de corpos humanos, em salas de anatomia, para não falar na duvidosa origem destes, quando vendidos à universidade para esse mesmo fim. "Nada comparável ao prazer das ciências naturais", conclui o naturalista, "ou aos passeios que esta atividade proporciona".

Interessavam agora a Musters as quatro mil páginas que o prussiano Alexander Von Humboltd escrevera. Um relato, explica-lhe Charles, do mais rico que podia existir das terras do vasto Império Espanhol: rios impressionantes e cordilheiras colossais, da Venezuela à Nova Espanha, nestes tempos em que o espírito científico atrai mentes jovens e brilhantes, num comovido apelo à viagem, à aventura e à descoberta. Não de continentes, que desses estão já as costas quase todas mapeadas, excetuando algumas enseadas e contornos mais obscuros, que a expedição do *Beagle* se propõe agora a decifrar e a confirmar. Mas há muito por saber dos seus mistérios interiores, das florestas, dos rios e das montanhas, que guardam povos, animais e flora desconhecida. Tudo estava reunido na narrativa pessoal das viagens de Humboltd à região equinocial do

Novo Mundo — o motivo principal para Charles ambicionar também inscrever o seu nome nas páginas da história das ciências naturais —, tiradas do diário, e talvez da memória, do bom Aimé Bonpland, fiel ajudante do prussiano. Nada que Charles desconhecesse, pois ele próprio também iniciara um diário da sua viagem no *Beagle*, desde que deixara o porto de Devonport. Esperava preenchê-lo da mesma forma que o botânico alemão, seu herói, que subiu e tão bem soube descrever o Monte Teide, e que o jovem naturalista inglês só pôde avistar de longe, da sua cabina, quando Tenerife passava de promessa a desilusão enevoada. Tudo por causa de uma quarentena imposta a navios ingleses.

14

Por estas noites há risadas no convés do *Beagle*, com marinheiros que tocam rabeca e entoam canções irlandesas. Chegam a Charles misturadas com os assobios do vento, enquanto escreve no seu diário. Também há folhas de papel e cartas espalhadas sobre a mesa de trabalho, dirigidas a familiares, professores seus amigos, contendo saudades, informação científica apaixonada. A escrita vem acontecendo desde que deixou a Inglaterra. Charles descobriu que era possível registar tudo sobre a sua própria pessoa, por muito estranho que isso lhe pudesse parecer, aventurando-se para lá de fatos e episódios corriqueiros do dia-a-dia no *Beagle*. Um diário, afinal, podia significar refúgio, conforto do lar, capaz de substituir familiares e amigos, na distância. Aprende-se a lidar com os sentimentos mais íntimos, a ser-se duplo, a dialogar no silêncio com a alteridade de cada um. São densas e pormenorizadas as cartas para o pai, o homem que Charles admira acima de todos. Assim como também para o irmão Erasmus, cúmplice das descobertas da juventude, e para Caroline, a irmã mais velha, sempre protetora e maternal.

Só não há cartas para Fanny Owen, porque está ainda viva a sua última missiva e, se corpo fosse, dir-se-ia ainda quente. Carta lida, relida e mil vezes dobrada, por Charles, decifrada nos seus intentos mais obscuros e nas entrelinhas. Na verdade, são duas e não uma, recebidas ainda em terra, em forma de um *last adieu*, servido por entre mexericos londrinos e semelhantes miudezas provincianas. Charles sabe que o seu conteúdo não pode ser partilhado, muito menos com aqueles homens que com ele habitam uma fragata da Marinha de Sua Majestade. Quem poderia dizer ao certo se o manto do esquecimento iria descer sobre ele e Fanny Owen, como a cerração do deserto africano sobre a ilha de Santiago? Que sabia ela sobre "ilhas selvagens" para as invocar e vaticinar o futuro de ambos? Ele também não tinha culpa de amar tanto bichinhos e escaravelhos. Espirituosa como é, Fanny pode muito bem fazer todas as suposições que entender, inclusive projetar um futuro para ambos. A amizade entre eles estreitara-se muito nos últimos tempos, sem que nenhum admitisse que qualquer coisa mais profunda começava a nascer das suas conversas durante os passeios.

Nos meses do verão, a amiga costumava passar uns dias em The Mount. Chegava sempre alegre e sorridente, com o peito e os olhos plenos de notícias e mexericos de Londres e do condado. Durante as partidas de tênis, ela apreciava o ar muito composto e de elegância com que Charles corria para um lado e para o outro, tentando acertar com a raquete na bola. Tinha um serviço minimamente convincente, mas sem a agilidade e o vigor do irmão Eras. Apenas Fanny era capaz de o fazer sair do seu quase auto-isolamento das proezas físicas e desportivas.

Charles estava consciente das suas fraquezas e da sua falta de jeito nesse capítulo, mas isso não lhe criava qualquer embaraço. E ficava claro para todos que não eram esses desempenhos que o atraíam, e que ele estaria destinado às maravilhas da natureza e ao bem-aventurado prazer da descoberta científica. A resposta de Fanny consistia principalmente em rir, maravilhada, sobretudo quando insistia com ele para que continuassem a jogar, apesar do nevoeiro ou da chuvinha intransigente que começava a cair. Charles acreditava que com um treino intenso poderia vir a ser um bom jogador, embora ela lhe desse a entender que o *court* não era propriamente o seu espaço de eleição.

Após o jogo, sentavam-se diante da casa, no jardim, com o sol tímido do meio-dia a querer romper por entre as nuvens. Catherine e Caroline questionavam Fanny sobre as últimas novidades, enquanto a criada lhes servia um jarro de limonada. O espírito da amizade circulava em volta, trazendo o aroma da erva fresca e dos cozinhados do almoço.

Fanny Owen era uma figura agradável, logo ao primeiro contato, como Charles descobrira. A voz, doce e sensual, atraía as pessoas, que se deixavam seduzir pelo encanto discreto do seu rosto. Tinha um dom sutil para impressionar e fazer-se lembrada, e sabia gerir habilmente os seus silêncios. Espalhava pelos presentes a sua feminilidade e a disponibilidade para ser feliz, antes de seduzir pela imaginação. Poderia ter sido bailarina, amazona, jogadora de bilhar, ou simplesmente apaixonada pela beleza dos espíritos criativos. Tudo coroado com um apurado sentido de humor, que lhe permitia encaixar-se em qualquer ambiente. Incluindo o coração de Charles.

15

El'leparu, O'run-del'lico e Yok'cushly, dois índios Alakalufes e um Yaghan da Terra do Fogo, a quem o capitão Fitzroy rebatizara como York Minster, Jemmy Button e Fuegia Basket, impressionaram o velho Siríaco desde o primeiro momento. Desembarcaram na praia, atrás do jovem missionário Richard Matthews. Vêm ávidos por pisar terra e conhecer outras gentes que não estes europeus, com quem convivem vai para mais de um ano. Cumprimentam-no em inglês e ele repara como inglesas são também as suas roupas e os sapatos, em corpo de índio. Chegam para esticarem as pernas, após semanas no mar, prontos para um passeio pelos arredores, antes de subirem à vila. Siríaco observa os modos e o temperamento deste improvável grupo de passageiros, domesticados pelos ingleses, que viajam também no *Beagle*.

Yok'cushly, a rapariguinha, vem na frente. Virando-se para ele, pergunta-lhe: "É adivinho, *Tigerman*?" É uma menina de pouco mais de doze anos, de olhos vivos e afetuosos e aspecto saudável, mas que não se cala um minuto. Traz na cabeça um boné cor de laranja e um anel de ouro na mão direita, ambos oferecidos pela rainha Adelaide, "*Yes*, ela própria", confirma a menina traquina. Oferecidos, explica, durante uma audiência da jovem índia com o rei Guilherme. Di-lo repetidas vezes, mais para impressionar o velho, que lhe responde com inegável admiração e simpatia. O grupo atravessa depois o bosque da Várzea, um caminho sombrio e fresco, ladeado de árvores de fruto, num chão que é fértil, apesar da seca que grassa na ilha. Siríaco não duvida que a menina recebeu educação cristã. Só assim é possível falar com tamanha desenvoltura, mostrando permanente curiosidade e inteligência. O velho sente que um laço mais pessoal o liga à menina índia. Ambos vieram do nada e do nada alcançaram o convívio de reis e rainhas. Coisa estranha, este mundo que junta numa ilha perdida da civilização dois seres quase infra-humanos, que conheceram a miséria e o fausto. Um velho e uma criança, trazidos do Novo Mundo selvagem para perto do brilho da realeza europeia.

    O'run-del'lico deverá rondar os quinze anos. Usa luvas de pelica brancas, apesar do calor. Tem um olhar afetuoso e um sorriso de boa disposição. Dos três índios é quem mais se preocupa com a indumentária. Aquele que se olhará mais ao espelho. Tenta manter algum diálogo com El'leparu, o mais velho dos índios fueguinos. Este índio Alakalufe é baixo e forte. Siríaco observa como deixa transparecer algum pessimismo no olhar, provavelmente fruto da maturidade. É o menos sociável dos três.

    Vieram a terra vestidos como jovens ingleses, talvez para impressionar os locais e impedir que estes os vejam na sua verdadeira condição. Agem como se tocados pela mão infinitamente boa e civilizadora do homem branco. Em breve levarão a mensagem do Cristo inglês aos seus irmãos, nos confins do mundo. Vão, por agora, curiosos e risonhos, sob o ar denso da manhã, ansiosos por ver o movimento do povo pelas ruas. Estão curiosos das coisas e dos cheiros da terra, que não terá muita novidade para quem vem de passar um ano na capital inglesa. O sol está no pino, sobre as suas cabeças. O calor expulsa os habitantes das ruas, deixando-as entregues a galináceos, porcos, patos e ratazanas.

Os três fueguinos observam a simplicidade das coisas da vida, que a vila insalubre e fétida lhes recorda. Recuperam uma memória de liberdade, da vida sem regras, restrições ou etiquetas, nem catedrais ou salmos, reis e rainhas. As famílias movem-se dentro das casas, engolidas pela penumbra das janelas e das portas. As crianças choram, assustadas. O grupo segue o missionário Matthews, que vai em busca das vendas onde possa comprar mantimentos. Siríaco conhece a história destes três infelizes. As suas vidas, de certa forma, assemelham-se. Apesar das diferenças, compartilham a experiência da aprendizagem dos princípios de uma nova religião, numa cidade úmida e de formas estranhas. Aprenderam novas maneiras de falar e de responder às pessoas, o uso de algumas ferramentas, rudimentos de jardinagem e mesmo de alguns segredos de agricultura. Os três índios estavam de regresso à sua terra natal. Siríaco não voltara a ver a sua família. Vão instalar-se na Terra do Fogo. Levam, entre os paramentos necessários aos atos de salvação das almas, toalhas de linho, conjuntos de bandejas, de chávenas e bules para o chá, copos para vinho, pratos de manteiga e chapéus de coco, para além de um conjunto de mesas de armar.

16

"As religiões monoteístas formaram-se nos desertos. Alimentaram-se e cresceram, reclamando a vastidão do espaço amplo para o poder espiritual. Campo para vida e morte, errância e degredo. E nos desertos", continua McCormick, "produzem-se messias e seguidores, fiéis e pecadores".

Charles vem caminhando na companhia do cirurgião. Ambos seguem o velho Siríaco pelo leito da sinuosa ribeira seca que penetra esta parte deserta da ilha. As rajadas fortes do vento obrigam-nos a voltar as costas, protegendo os olhos da poeira, numa espécie de protesto da natureza, como lhe diz McCormick, segurando o chapéu. Um vento-guardião, defensor das entranhas da ilha contra forasteiros invasores.

"Mais para lá, fica a cidade da Ribeira Grande", diz o velho, apontando na direção do mar, para poente. Na verdade, ao contrário do que os ingleses estarão a imaginar, pouco de cidade já terá por este século xix entrados, mas que importante fora, sim senhor, para mercadores de escravos e padres, orgulhosos da sua catedral e da arte da fortificação de Filipe II. A conversa do velho Siríaco anima a caminhada. Veio por aí a falar disto e daquilo, coisas da vida e da terra, onde nem sequer nasceu, terra emprestada para amar, procriar e criar filhos.

Mas, depois de muito escutarem histórias e relatos fantásticos de um homem conhecido pelo seu silêncio, tocou a Charles notar o empenho que o cirurgião McCormick colocava ao falar-lhe das suas experiências, no campo da pesquisa e investigação. Fazia sempre questão em orientar a conversa para assuntos em que é mais versado, como que espreitando alguma insegurança no jovem naturalista. Iniciara a carreira nas Índias Ocidentais, tratando de curar o máximo possível, com uma equipe de cirurgiões da rainha, contou, um surto de febre amarela, que dizimou parte da população dessas ilhas. Tivera também o privilégio de estudar com o professor Robert Jameson, história natural, meteorologia, hidrografia, mineralogia, botânica e geologia, durante seis meses. As mesmas aulas a que Charles também assistira, alguns anos antes, e achara aborrecidas e desinteressantes. McCormick ficara muito amigo de Jameson. Charles recorda, enquanto o escuta, que a situação incômoda vivida no *Beagle* — a preferência do capitão Fitzroy pela sua companhia — não fora criada por ele. Era apenas um elemento de companhia do capitão, como McCormick gostava de repetir. Se Fitzroy fazia questão de convidar Charles para jantar na sua cabina e manterem longas conversas pela noite dentro, o cirurgião só tinha de aceitar a vontade do capitão. Na verdade, Charles fora contratado para isso mesmo e pagava do seu bolso todas as despesas da viagem. McCormick aproveitava o passeio para mostrar ao jovem Charles quem era, de fato, o verdadeiro naturalista a bordo.

Falava dos seus projetos e estudos em processo de finalização, que tinha em mãos, e dos professores com quem se relacionava. Aconselhou-o a ir com calma se quisesse abarcar esse vasto campo que eram as ciências naturais. Charles escutou tudo, pensando em como as relações humanas podem ser distantes e estreitas, consoante o momento.

A paisagem à sua frente abria-se nua, quase sem árvores. No silêncio envolvente, também o experiente McCormick se pergunta por que razão merecia este jovem aprendiz das coisas da natureza mais atenção e estima por parte do capitão da expedição do que ele próprio. Não tem nada de pessoal contra Charles ou coisa que o valha, até o acha bastante inteligente e perspicaz. Ficara, inclusive, agradecido com o convite, na véspera, para que ambos viessem ver uma árvore muito antiga e de grande porte.

Charles notara-lhe as insuficiências de ordem prática, ainda em Inglaterra. As suas preocupações diárias eram, no mínimo, triviais. Como a cor com a qual deveria mandar pintar a sua cabina no *Beagle*. Quanto ao resto, não tinha dúvidas: McCormick era um cientista fraco e há muito ultrapassado, e o mesmo se podia dizer dos seus métodos. Na sua opinião, era alguém perfeitamente dispensável à expedição. Mas por ora vão seguindo o trilho arenoso, que assim o é por força das águas das chuvas, quando demandam o mar. Chuvas de milhares de anos, descendo em fúria e abrindo ribeiras na rocha dura. A conversa entre ambos segue apoiada no silêncio de Siríaco, guia e intérprete, caminhando lá mais à frente.

Charles, porém, viaja por outras vidas passadas. Recorda a bela e alegre Fanny Owen, o seu perfume atravessando-lhe a memória. Seria oportuno ou não partilhar as vagas que lhe sobem do coração com um cavalheiro como McCormick? Era mais velho e viajado. Seria ele capaz de o ajudar a entender como pensam as mulheres? Poderia Charles confiar no espírito tão aberto, tão livre, de Fanny, e pensar que cumpriria as juras e promessas e estar no cais à hora do seu regresso? McCormick parece-lhe, no entanto, demasiado pontificador, petulante e abstrato. Não lhe quer aumentar ainda mais a carga paternalista.

Em volta, as acácias parecem observá-los lá do alto. Os passos do velho Siríaco transformam-se, por instantes, nos do professor Sedgwick. Charles recorda a excursão que fizeram juntos pelo norte de Gales no último verão. Tinham atravessado o Vale de Clwyd, depois de o professor de geologia ter achado que o filho do doutor Darwin poderia ser uma ótima companhia. O jovem aprendiz de naturalista maravilhou-se. Durante dez dias acompanhou-o na sua habitual tarefa de teorizar e procurar explicar as maravilhas da natureza. Mais do que qualquer outra pessoa, Sedgwik testemunhara os seus primeiros passos pelos caminhos da geologia. Nas grutas de Cefn, Charles ajudara o seu professor a desenterrar fósseis de animais vertebrados. Nos últimos dias da expedição, este transmitira-lhe valiosos ensinamentos para a identificação de formações rochosas. Charles podia, assim, seguir as pisadas de Humboldt, o seu herói prussiano.

Siríaco aponta para as rochas. As marcas da passagem de águas, antigas e recentes, estão ali para todos verem, nos sulcos, "*Come and take a look...*" Charles experimenta um espaço de conhecida tranquilidade, vivida noutros passeios, em frutíferas caminhadas científicas. Recolhia formas de natureza, vivas ou mortas, exuberantes, em prados e vales ingleses, encostas galesas, ou nesta incondicional forma de solidão partilhada. No saco transporta o primeiro tomo de *Principles of Geology*, do seu amigo Lyell, oferecido pelo capitão Fitzroy. Uma janela para a compreensão de tudo em volta, observar as massas de rocha e seus movimentos, ao longo do tempo, até chegar à estrutura do próprio planeta. Os ensinamentos e as teorias do professor revelavam-se acertadas, o que fazia do livro, na opinião de Charles, o mais completo que havia para esta ciência.

TRINDADE SURGE-LHES, FINALMENTE, após a última curva da ribeira, como uma visão do paraíso primordial. Um oásis que fora antiga residência de padres e governadores, durante o insalubre período das chuvas. Mas agora já não era esse idílico local de retiro. Algumas habitações espreitam das encostas e há gente a trabalhar a terra, lá mais à frente, onde o vale se estreita e as árvores se erguem no chão úmido. De entre o arvoredo de mangueiras, figueiras e laranjeiras, destaca-se a árvore mítica e imponente descrita por Siríaco. A copa está pintalgada do branco das dezenas de garças que ali descansam. Possui um tronco de diâmetro estupendo, comenta Charles, raramente visto, qual coluna de templo antigo. A casca, lisa e grossa, lembra a pele de um animal pré-histórico, coberta que está de nós, com raízes fortes que penetram a terra, numa relação milenar. As raízes parecem tocar o próprio princípio do mundo, nas profundezas da memória, fazendo do baobá um guardião do vale verde e florido. Lembra uma mão gigante, aberta, entre as duas colinas. Charles e McCormick aproximam-se e apuram a vista para alguns traços inscritos no tronco que lhes prendem a atenção, que qualquer incauto chamaria de caracteres chineses, e que cobrem a casca até à altura de um braço. São centenas de iniciais, acompanhadas das respectivas datas em que os seus autores, forasteiros, viajantes, colonos, ou apenas gente simples e curiosa, por aqui passaram. *Scriptum ergo sum.* Eles próprios não resistem à tentação de deixar também as suas no tronco da imponente árvore.

17

O SOL QUEIMA O CAMPO DA ACHADA, de onde brotam filas de acácias vergadas pela força do vento. Charles segue vagarosamente com os dois oficiais que o acompanham, nos seus pôneis. Vão desta vez sem o intérprete Siríaco, impossibilitado por razões de saúde que a idade avançada começa a trazer. As suas sombras são como longas capas negras. Se olharem para trás, avistarão o cabeço de Monte Facho, em forma de rampa, ao longe, antes do vasto oceano. A vila da Praia ficou a léguas de distância.

Grupos de figuras humanas, talvez famílias inteiras, caminham na sua direção; gente esfomeada que foge da morte. Depois de uma década de chuvas regulares, a população tinha crescido, rapidamente. Mas a recuperação da pobre economia das ilhas era lenta e ainda tinha de enfrentar pragas de gafanhotos e de ratos, que destruíam as culturas. Morrer de fome era apenas um pormenor na já longa história das ilhas. Além disso, por entre as estiagens também se morria de sarampo, febre amarela, malária, desinteria. No final do último século, a população caíra para metade e o gado bovino, caprino e equino quase se extinguira. O ciclo terrível das fomes nunca abandonou o arquipélago. Por esta altura, já havia populações a alimentarem-se das folhas, dos troncos e ramos de bananeiras. Os caminhantes cruzam-se dando os bons-dias de gente cristã aos três estrangeiros, que prosseguem nas suas montadas sob o sol inclemente. O pó e o suor misturam-se nas suas roupas e por entre os dentes.

Ao fim de um par de horas, o vale para onde descem agora é um bálsamo para as suas costas. Também o é o sorriso das crianças que trazem pesados feixes de lenha à cabeça, antes de entrarem na vila de São Domingos, como convidados inesperados da festa que ali decorre. Nunca se vira na região gente de pele assim tão branca e avermelhada no pescoço, muito menos olhos da cor do mar ou cabelos como palha seca. Espantam-se velhos e novos com as visitas inesperadas que falam um linguajar estranho. Os cães ladram, chamando a atenção do resto dos habitantes, que vêm ao encontro dos estrangeiros. Nos bons anos de chuva estaria tudo verde em volta. Mas nos últimos dois ou três mal se lembram dela. A população desespera e os corpos denunciam a carência, à medida que a calamidade avança. Mais uma época das chuvas passou, sem deixar pingo de esperança.

Um velho cambaleou por entre umas galinhas e veio sentar-se na soleira de um casebre, estendendo-lhes a mão. Um rapaz aproxima-se, diz-lhes qualquer coisa e faz-lhes sinal para o seguirem. Os ingleses amarram então os seus pôneis, atravessam o portão de uma casa e um revolteio de patos e galinhas, e um homem branco, de faces vermelhas e abastadas, recebe-os à porta. Os gestos fazem a vez das palavras, na linguagem universal. Charles lamenta a febre repentina que impediu Siríaco de os acompanhar. Muito jeito daria ele para poderem entender melhor as palavras efusivas deste homem, que não perdeu tempo e logo lhes foi apresentando a mulher e os filhos. Percebem, numa ridícula mistura de francês, espanhol e português, que fala das terras que possui e do número de escravos e rendeiros que as trabalham, tudo numa conversa desconexa e improvisada. De seguida, levanta-se, caminha pela sala, sobrecarregado de virtudes e maravilhado pelas visitas importantes, em dia de festa. É por isso que se mostra tão entusiasmado, recorrendo muitas vezes ao espanhol, quando os sobrolhos se levantam. Os três ingleses percebem que ele fala de eventos ocorridos num passado qualquer, de uma tentativa de revolta dos rendeiros de outras fazendas espalhadas pela ilha. A sua imagem transmite-lhes o grau do medo e a cólera que tal assunto ainda lhe provoca. A essência do pequeno mundo de cada um, pensa Charles. Cada homem, em cada lugar, no seu tempo pessoal, tem de garantir a sua sobrevivência e modo de vida. Era bem visível nos seus gestos a inquietação de um europeu, de um homem branco num vale perdido, como muitos que se estabeleceram no interior da ilha, desde o início do povoamento, rodeado de criados e de escravos. E do vinho tinto passam à aguardente de cana da terra. Largas porções de álcool fazem aumentar a sua alegria, antes dos brindes à saúde de todos, especialmente do anfitrião, do rei D. João VI e de Sua Majestade, o rei Jorge. À sua ordem, as criadas embrulham fatias de bolo de banana num farnel, para a viagem de regresso dos três ingleses.

18

NESSA NOITE, DEPOIS DE SE LAVAR DA POEIRA DA VIAGEM, Charles escreve ao pai. As imagens da véspera e de outros dias dissolvem a fronteira entre o real e o sonho, misturando personagens e acontecimentos. Transmitem-lhe uma sensação de continuidade dos vários momentos vividos naquela ilha. Como aqueles rostos que lhe passaram diante dos olhos, dias antes, na terra árida e inóspita no trajeto para a Ribeira Grande a que chamam Cidade Velha. Aqui foi recebido por uma paisagem sonâmbula, intercalada com pequenos oásis plenos de vida. Recorda os meninos, curiosos e ávidos, o padre negro e o ex-soldado espanhol, das guerras napoleônicas, radicados em local tão remoto e inóspito. Respiravam uma decadência diária, entre o deserto e o mar. A cidade, cujo comércio fora próspero e gozava do ingrato privilégio de ter sido o primeiro entreposto de escravos negros do Atlântico, estava agora arruinada e em franco estado de abandono. Sobravam igrejas antigas e os restos do que fora uma catedral impressionante e paredes de casas e edifícios oficiais. Na verdade, depois do último ataque do pirata Jacques Cassard, em 1712, a cidade entrara em rápida decadência, que estava agora à vista dos visitantes. Muitos moradores tinham fugido para os montes próximos, levando as famílias e os seus escravos. Mas não mais voltaram, porque o pirata francês destruiu e deitou fogo às casas, como represália pelas baixas sofridas no confronto. Charles recordou também as raparigas da vila de São Domingos, que sacudiram a dureza das suas vidas, batendo com as mãos nos joelhos, numa atuação ritmada e harmoniosa. O contrário do velho órgão da catedral da velha cidade, tenebrosamente desafinado. Vidas estranhas, como a do velho negro de pele branca, a que os homens da tripulação chamavam *Tigerman*. Figura impassível, de olhos brandos e misteriosa origem. Mas ele não era entendido nas ciências médicas, aquelas que pudessem explicar tamanho paradoxo da vida humana. Talvez o pai conhecesse essa anomalia, talvez os seus conhecimentos pudessem dar alguma resposta.

Musters chega com um conjunto de pinturas e desenhos: peixes, moluscos, polvos e alguns recortes da paisagem da costa e de outros locais que viram durante o passeio. Não possui um talento nato. Mas Charles acha que pode progredir e talvez até atingir um nível razoável. As pinturas chamam a atenção e revelam a mistura dos pigmentos com alguma perfeição para um jovem de apenas doze anos que até há pouco tempo se recusava a falar. Era um pouco contranatural, pensou Charles, enquanto o escutava, um rapaz tão novo viver e crescer sem a companhia dos pais.

No seu caso, a sua meninice, junto das irmãs e do irmão, permanecia bastante viva na memória e no seu espírito.

Caroline — que praticamente desempenhara o papel de mãe substituta após a morte desta — era nove anos mais velha do que ele; Marianne, dez, Susan, seis e Erasmus, quase cinco. Só Catherine era um ano mais nova. O pouco que Charles sabia dos pais de Musters chegara-lhe através de conversas com o capitão Robert Fitzroy. O rapaz praticamente não falava da família. Depois das brigas e da separação, não parecia assunto que lhe agradasse muito. Não fosse a morte da mãe, Susan Darwin, quando Charles tinha oito anos, poderia falar-se da sua como uma família feliz e perfeita. O pai tinha sido um verdadeiro pilar. E talvez a primeira ideia de compromisso com a natureza lhe tenha chegado com o *Livro do Jardim*, onde o doutor Darwin registava a temperatura do dia e o crescimento das plantas da sua estufa em The Mount. Oferecera-lhe, também, os primeiros livros de história natural, retirados da sua biblioteca pessoal. Volumes que tratavam de insetos, fósseis, minerais e as suas propriedades médicas.

O pai ficara devastado com a morte da mulher, que conhecia desde criança. Fora o primeiro e único amor da sua vida. Por isso, pareceu-lhes normal a sua decisão de nunca voltar a casar ou encontrar madrasta para os filhos. Charles tinha poucas memórias da mãe. Sobravam alguns farrapos de conversas, mas sem qualquer imagem definida. Recordava-se de um ou outro passeio. Na verdade, convivera muito pouco com ela. Nos últimos anos, sempre que recuperava das dores de estômago que tanto a afligiam, Susan Darwin deixava o quarto para retomar as suas solicitações sociais e as visitas às amigas, que lhe ocupavam quase todo o tempo livre. E de cada vez que pensava no assunto, como agora, Charles chegava à conclusão de que, na verdade, a mãe nunca tivera uma presença forte na sua vida. Mesmo as primeiras letras, ele aprendera-as sentado nos joelhos da irmã Caroline, e também assim fora com as primeiras leituras da Bíblia e as idas à igreja.

De todas as irmãs, esta era a mais carinhosa e intelectualmente mais evoluída, como podia confirmar agora. Também eram mais parecidos no caráter e mesmo fisicamente. Caroline chamava-lhe "querido Charlie" e encarregara-se pessoalmente da sua educação, mesmo antes da morte da mãe. Estava sempre por perto e gostava de lhe corrigir a caligrafia e a gramática.

A admiração de Charles pelo irmão mais velho, Eras, cresceu também com os anos, transformando-se numa cumplicidade que haveria de perdurar pela adolescência até ao presente. Os seus momentos de lazer tinham decorrido sempre na companhia das irmãs e do irmão, ou dos criados da casa. Por isso, a morte da mãe significou apenas a perda de um elemento feminino de uma família grande, onde as mulheres sempre haviam tido preponderância. Talvez o mais nítido registo de um momento de afeto, entre ambos, fosse a flor que a mãe lhe deu, certa vez, para ele levar para a escola, depois de lhe ensinar que se podia identificar qualquer planta apenas pelas características do seu botão.

Não guardava qualquer memória da sua voz, mas nunca se esqueceu do pranto em que a família mergulhou nos dias que se seguiram à morte de Susan Darwin. Recordava-se de que apenas Marianne e Caroline puderam entrar no quarto da mãe antes do seu último suspiro. As suas lembranças estavam cobertas pelas sombras bruxuleantes que o candeeiro projetava nas paredes do corredor e do salão, e das idas e vindas, nervosas, do pai e das irmãs pela casa. Só depois de ela morrer, pôde ele vê-la deitada no leito da morte, no seu vestido roxo. As irmãs nunca se refizeram do choque e da dor. E ninguém mais falou da mãe, em casa, como se falava das outras pessoas. Charles retivera muito pouco destes momentos, para além de uma laranja descascada por Caroline, ele sentado no seu colo, dos insetos em volta da casa, e do medo pavoroso de um cão que o perseguia nas proximidades da escola de Shrewsbury.

Charles escuta as explicações de Musters, no seu fascínio e encanto por aquela aventura de adultos, vivida pela tripulação do *Beagle*, da qual também toma parte. Partilham a mesma paixão pela história natural, que funciona, em ambos os casos, como o primeiro passo para fugir das emoções dolorosas e assustadoras do mundo real.

19

A ESCUNA NEGREIRA ENTROU NA BAÍA DE PORTO PRAYA, como era conhecida pelos ingleses, disfarçada de embarcação mercantil. O pretexto fora a habitual necessidade de proceder a algumas reparações. Mas a aura infame estava bem visível para qualquer conhecedor dos meandros deste comércio. Não há negócio mais lucrativo nesta terra. No entanto, bastava colocar um punhado de homens da lei em duas ou três baías, onde é sabido que desembarcam os infelizes, para satisfazer os ingleses e causar a ruína dos traficantes. Um mundo onde brancos vendiam negros, negros vendiam negros, mães vendiam filhos; trocavam-se vidas por farinha, vinho, óleo, arroz, açúcar, e sobretudo por peças e objetos de adorno. Charles perguntou o que poderia levar um ex-seminarista siciliano, de nome Giuseppe Marino — com quem se cruzou na vila da Praia —, escolhido, entre muitos, para ajudar a propagar a fé cristã pelo mundo e converter povos pagãos, cumprindo da melhor forma possível o seu apostolado, a ficar-se pela Praia, durante uma escala de recurso, e deixar-se seduzir pelo infame negócio. A vertigem da fortuna foi mais forte do que as amarras da fé e o compromisso cristão. E na proibição estava o lucro, com margens cada vez maiores, desde que os ingleses obrigaram a que os tratados fossem realmente cumpridos e com direito a subir a bordo para inspeções. Um homem destes, tornado abastado comerciante europeu, bem instalado na sua fazenda, a poucas léguas da vila, dono de quinze escravos, vinte e cinco escravas e mais de trinta crianças, pode ser o mesmo indivíduo calmo, impassível, com profundos conhecimentos do hebreu e das Sagradas Escrituras. É capaz de citar passagens de Eurípedes e Ésquilo ou mesmo diálogos sobre a *Providência* e a *Tranquilidade da Alma*, de Sêneca, e impressionar Charles pela complexidade da sua condição. No entanto, para o inglês, revelou-se abominável na sua amoralidade. Eram eles os responsáveis pela escala de escunas desta natureza, que demandavam os portos de Cuba e Porto Rico, capitaneadas por americanos e naturais destas ilhas.

Siríaco, Charles e os marinheiros observam o capitão Robert Fitzoy, que se prepara para abordar a escuna, à frente de um grupo de homens armados. Charles conhecia histórias e relatos de outras operações semelhantes, no Atlântico, e o quadro de horror que, na maior parte das vezes, os esperava: centenas de homens, mulheres e crianças acorrentados sob as escotilhas entre as plataformas, sendo o espaço entre estas tão baixo que tinham de se sentar entre as pernas de cada um. Estavam "arrumados" tão próximos uns dos outros que não havia qualquer possibilidade de se deitarem ou de mudarem de posição durante a noite ou o dia. Mas na memória dos marinheiros também ficava o instante em que as suas faces se iluminavam ao vê-los, descobrindo, por instinto, que os ingleses vinham para libertá-los. Havia também quem já não conseguisse regressar do abraço fatal da melancolia. Os olhos ficavam perdidos, num desânimo total. Capitães e marinheiros contavam como os escravos libertados subiam para o convés, cambaleando, como mortos-vivos, para a luz e um pouco de água. As crianças viviam num estado de irreversível torpor, indiferentes a tudo. Para outros, era o júbilo depois do inferno. Qualquer um que pisasse terra americana, depois de tamanho ordálio, estava apto a enfrentar todas as provações possíveis.

Charles tinha sangue abolicionista, a causa vindo-lhe do berço. O avô Erasmus Darwin mandara gravar a frase "Não sou eu um homem e um irmão?" na loja de porcelanas da família, em tons preto e azul, acompanhada da imagem de um escravo negro ajoelhado. O gesto fez furor e tornara-se o lema da sua campanha abolicionista, ainda no século anterior.

Charles registara também a alegria de dois homens negros com quem se cruzou quando regressava do baobá da Trindade com o cirurgião McCormick. Na falta de copo e a troco de algumas moedas, estes vendedores de leite tinham-lhes despejado um quartilho nas suas gargantas, por entre fortes gargalhadas. Homens simples e espirituosos, desta ilha, em especial as crianças, curiosas, sempre querendo mexer e conhecer todos os objetos que ele trazia consigo. Lembrou-se de como caminhavam descalços e pensou na importância dos pés de uma pessoa, em tudo aquilo que podem dizer sobre ela. Espelham a sua condição humana, o equilíbrio e a verticalidade. Transportam, carregam não só o peso do corpo, mas também as ansiedades da alma. São a assinatura, a marca da passagem pela terra, o traço da vida. Após meia hora de inspeção, o capitão Fitzroy ordenou que abandonassem a escuna. Para além de umas panelas para cozinhar, em arcos, naturalmente suspeitas, nada havia que provasse a atividade clandestina do navio, apesar de todas as evidências.

20

Muitos anos antes, de passagem pela vila da Praia, o capitão de um brigue americano e traficante de escravos, de nome Turner, quisera comprar o *Tigerman*. Pedira ao então cônsul americano, Samuel Hodges Jr., que lhe pusesse um preço e ele cobri-lo-ia. O cônsul, que pedira a Siríaco para despir a camisa diante do capitão americano, riu-se. "Este não é escravo nem pode ser vendido", disse-lhe. "É um negro raro, é verdade, não só pela cor da sua pele". "Poderia render muito, nos salões de Boston", insistiu o capitão. "Olhe bem para ele, Mister Turner", pediu-lhe o cônsul. "Nunca verá negro mais culto e educado do que este: para além de ser mestre carpinteiro, sabe ler e escrever, fala português, e um pouco de francês e inglês. E sabe música, entre outras qualidades. Poucos brancos conheci que se lhe possam comparar, em tantos recursos, capitão."

"Pois…", respondeu o capitão, e voltando-se para os marinheiros que o acompanhavam rematou: "Não lhe faltaria um piano no palco, também, desde que o tocasse de tanga…"

Mas foi só depois de a sua ampla casa de primeiro piso, numa das ruas da vila, junto ao penhasco — arvorando uma orgulhosa bandeira de *stars and stripes* —, ficar pronta que o cônsul reparara melhor naquele carpinteiro determinado e perfeito nos seus acabamentos. Precisava de pessoas de confiança para estabelecer o seu projeto comercial, alguém que conhecesse bem a terra e com um pouco de mundo. Esperava enriquecer, comprando e revendendo madeiras, sal, tabaco, tecidos, em troca de pele de bovino, cera de abelha, óleo de palma, dos comerciantes europeus e afro-europeus instalados na costa africana. O seu consulado era o primeiro a estabelecer-se na vila da Praia e com jurisdição para toda a região da África Ocidental. A estadia de Samuel Hodges Jr. na Praia coincidiu com o início de uma década de chuvas regulares e os campos férteis do interior de Santiago produziam de tudo um pouco, contrariando histórias de fomes que ele ouvira contar. Por isso, Siríaco não se espantou quando o viu desembarcar, orgulhoso e sorridente, com a mulher, Polly Wales, pelo braço, com quem se casou logo na sua primeira ida a Boston. Para trás, o americano deixava uma história de guerra, como tenente no 40.º regimento da infantaria do seu país, um negócio ruinoso no setor têxtil, falências e dívidas acumuladas. Vinha pronto para começar de novo e enriquecer com as expectativas das comissões inerentes ao seu cargo oficial e o comércio lícito que começava a despontar na costa africana.

    Samuel Hodges Jr. trouxe consigo um conjunto de mobílias inglesas e instalou uma mesa de bilhar no centro do salão, que comunicava diretamente com o escritório de trabalho. Pendurou nas paredes quadros com paisagens dos campos da Nova Inglaterra e a mulher ajudou na decoração com outros objetos, espelhos, jarros, canapés e tapetes que trouxe dos Estados Unidos ou que foram adquiridos nalgum brigue americano.

A pouco e pouco, Samuel e Polly foram-se habituando ao calor abafado de agosto e ao pó do deserto do Saara. As chuvas de setembro permitiam uma boa produção agrícola, mas tornavam a vila e arredores mortalmente insalubres. Quando não estava a circular entre as ilhas, na companhia de Siríaco, Samuel gostava de observar os barcos entrando e deixando a baía. Siríaco também tinha curiosidade sobre esta costa africana, de onde o seu pai, José Leocádio, e Thomázia, sua mãe, os escravos velhos do engenho Princeza da Mata e os habitantes destas ilhas também tinham vindo. Uma particular corrente de emoção desatava-se nele, como uma visão libertadora. O cônsul também comungava destes momentos de paz e tranquilidade. Sentava-se na varanda, à hora do crepúsculo, na companhia da mulher, invadido por uma ânsia causada pelo espetáculo do mar sereno, sobre o qual pousavam todas as cores, sonhos e emoções do dia. Recordou os amigos importantes na sua nomeação, de quem ainda guardava a correspondência trocada, como Marcus Morton e o vice-cônsul, Elisha Field, que alguns acreditavam ter sido envenenado, na ilha da Boa Vista, pelo negociante português Manuel António Martins, bem como a carta que Samuel endereçou ao Secretário de Estado, John Quincy Adams, oferecendo-se para o posto nesta vila perdida do mundo. Afastava do pensamento outras lembranças de negócios ruinosos do passado, com o dinheiro do pai. Mais facilmente se lançaria da escarpa do planalto desta vila do que voltaria a viver esses dias.

Com o tempo, Siríaco ganhou a sua confiança e tornou-se o braço-direito de que Samuel Hodges Jr. precisava. Escutava do americano as saudades dos outonos arroxeados da Nova Inglaterra e das suas aventuras durante a guerra e foi tomando conhecimento dos negócios ilícitos de alguns capitães americanos e portugueses. Inconfidências e segredos que ele ouvia, fingindo não ouvir, e a que as autoridades coloniais fechavam os olhos. Eram estratagemas utilizados pelos traficantes de escravos portugueses para contornar a proibição decretada, trazendo-os de Bissau, Cacheu ou dos rios Pongo e Nunez como "domésticos". Depois de batizados, seriam reembarcados para o Brasil. Outros seguiam em brigues americanos para os portos de Cuba e Porto Rico. Mas Siríaco também aprendeu a não se deixar impressionar demasiado nem a tomar-se de pena pela sorte destes infelizes.

Via o cônsul americano como um homem bom, na medida em que uma pessoa o é, não só pelo bem que deseja aos outros, mas pela extraordinária capacidade para suportar humilhações. A demora na confirmação oficial das suas funções consulares, o *exequatur*, por Lisboa provocava-lhe fúrias violentas de quebrar copos contra as paredes e dias inteiros de angústia, encerrado no escritório. Mas apesar de tudo, e da sobranceria das autoridades coloniais portuguesas, os negócios com a costa prosperavam. Ao longo de dez anos, o cônsul americano envolveu-se em guerrilhas e quezílias com governadores locais, comerciantes, traficantes de escravos, outros cônsules e enterrou três dos seus quatro filhos, no cemitério da vila, antes de Polly, em lágrimas e em absoluto desespero, lhe suplicar que fizesse alguma coisa para salvar o único filho que lhe restava. Diante do abismo, o cônsul voltou os olhos para Siríaco. Os anos tinham passado ali naquela ilha africana sem que ele se tivesse dado conta. No dia seguinte, o velho apresentou-lhe Jeremias, um rapaz de vinte anos, de sua total confiança, pronto para acompanhar Samuel Wales Hodges, o menino de dois anos, no próximo barco para junto dos avós, em Boston, na companhia de uma cabra de leite.

Seis anos depois de ter desembarcado na vila da Praia, Polly Wales despediu-se do marido, Samuel Hodges Jr., que lhe morria nos braços, como tinha acontecido com os filhos, Samuel, John e George, banhado em suor pela malária, aos trinta e cinco anos, longe da sua pátria. Acertou as contas do serviço com Siríaco, pagou as dívidas e embarcou para a América.

21

JACQUES LE FOSSE, natural de La Rochelle e capitão de um brigue francês, era um dos maiores traficantes de escravos, conhecedor do comércio que passava pela ilha de Santiago. Mas dele Siríaco só ouvira falar. Conheceu melhor a viúva do negreiro, uma mestiça de olhos cor de mel, filha de um militar da ilha do Fogo e de uma mulata da Serra Leoa. O francês trouxera-a de Cacheu, na Guiné, e instalou-a na vila da Praia, num casarão de três salas, no rés-do-chão, e duas mansardas, com vista para a Várzea. Os que a conheceram, quando ainda era apenas Madame de La Rochelle, falavam da sua expressão e fisionomia doce e das suas maneiras de pessoa educada, que dizia ter vivido largos anos em França.

Siríaco e Aurélia cruzavam-se com ela na missa, nas festas da vila e ainda algumas vezes na zona de Ponta Belém, onde eram praticamente vizinhos. A primeira vez que conversaram foi por intermédio de um amigo comum, sobre um pé da mesa da cozinha torto e um conjunto de seis cadeiras robustas com ornamentos de bronze, pernas arqueadas e tecido roxo, puído, que precisavam de conserto. A viúva não confiava mobília que tanto estimava a qualquer um. Recebeu Siríaco — que a via, pela primeira vez, sem o véu — numa sala sombria e de aspecto triste. Este não teve dúvidas de que a casa havia sido habitada, ou pelo menos decorada, por um francês. Havia várias gravuras de Napoleão Bonaparte e um busto do imperador sobre um móvel da sala. Uma biblioteca extensa, com livros de lombada bordada a ouro, as fábulas de La Fontaine, de Voltaire e de Rousseau. Num dos cantos um globo terrestre em madeira e no outro um piano de cauda, preto, de um brilho imaculado, onde não se via um grão de pó. Ao centro, uma mesa de ferro com tampo de mármore e pés de leão, sobre a qual estava um tabuleiro de xadrez, em marfim, com todas as peças dispostas. Vários objetos exóticos pareciam ter sido trazidos de França e outras partes do mundo: campânulas de vidro com bonecas no interior, uma família de elefantes esculpidos em pau-preto, estatuetas de deusas orientais e um Buda sorridente, de cerâmica. Na parede estavam penduradas armas tribais: lanças, escudos e arcos de flechas e ainda um toucado de penas coloridas. Sob a mesa da sala destacava-se um enorme tapete persa, em tons carmim e azul, onde um gato preto dormia, enroscado.

A segunda visita de Siríaco coincidiu com a ausência de Aurélia, na Ribeira dos Engenhos, para ajudar a família nas sementeiras, como habitualmente fazia. Desta vez, a Viúva de La Rochelle contratou-o para substituir umas vigas e telhas de uma das mansardas, arrancadas e levadas pelo vento. Enquanto trabalhava, Siríaco sentiu um perfume novo, que se espalhou rapidamente pela casa. Quando desceu para o almoço, viu a viúva como já ninguém na vila se lembrava de a ver: trazia um vestido cor de cereja, com uma écharpe azul-celeste. Tinha braceletes nos braços roliços e brincos nas orelhas e um colar de sete ou oito voltas no pescoço de pedras de coral. No final do trabalho, ela convidou-o para a sala e ofereceu-lhe um cálice de Porto. "Sei que você é muito mais do que um simples mestre carpinteiro", disse-lhe. "Sei também reconhecer bons modos e educação de nível. Apesar desse aspecto estranho que Deus lhe deu, você é um homem de outra cultura." Levantou-se e aproximou-se do piano, onde estavam algumas partituras abertas e Siríaco compreendeu, nesse instante, que estariam à espera de concertos privados, em lanches e convívios, que nunca aconteceram. "Os meus livros, a minha biblioteca, veja bem, ganham pó nesta terra de incultos e miseráveis. Poucos sabem ler, muitos menos na língua em que estão escritos", continuou ela, servindo-lhe mais um pouco de Porto. "A falta de instrução pública é um dos grandes males desta vila e responsável pelo atraso de toda a província", exclamou. Depois, sentou-se a seu lado. "Você tem umas mãos bonitas; vi-o tocar rabeca com os músicos, no jantar em casa do governador Pusich", disse-lhe, num tom mais sereno; "e ouvi quando ele disse que você também cantou no coro de Sua Majestade, a rainha, em Lisboa, na sua juventude".

Nesse dia, por entre mais uns cálices de Porto, Siríaco ficou a saber que a Viúva de La Rochelle tinha o culto das *belles-lettres*, e que gostava de recitar versos de Luís de Camões e as *Méditations* de Lamartine, e que pouco ligava para a sua timidez de homem adulto. Aliás, até parecia divertir-se com isso. A propósito de uns quadros na parede do seu quarto, que tinham caído com estrondo na noite anterior, assustando-a, Siríaco aproximou-se para os pendurar, e foi quando sentiu uma mão, perscrutadora, sôfrega e macia, pegando-o por trás, procurando desapertar-lhe as calças e despindo-lhe a camisa e encaminhando-o para a cama, ali mesmo à espera, enquanto ela se livrava também do vestido, corpete e de todos os acessórios, sem esquecer a aliança de casamento. Tudo sem tirar os olhos daquela sua cor leitosa. "Meu deus, não é possível...", exclamou.

Durante o tempo em que Aurélia esteve na Ribeira dos Engenhos, Siríaco aproveitou para consertar todas as portas, janelas e dobradiças que precisavam de cuidados, por entre os soluços de amor da viúva e da sua paixão embriagante pelo *odeur de nègre,* como não se cansava de repetir. Visitava-a pela manhã, regressando a casa ao toque do *angelus.* E foi então, nestas observações mais próximas e nalguns deslizes de confidencialidade, que ele confirmou o que já havia escutado pela vila da Praia a capitães de barcos de La Rochelle: a viúva nunca havia estado nessa cidade e provavelmente nem em França. Nunca havia deixado a ilha de Santiago desde que aqui chegara, diziam as más-línguas. Afirmavam que Jacques Le Fosse nunca pensara em apresentá-la, como sua mulher, à família. Tudo o que estava dentro de casa — a biblioteca, os objetos, a mobília, os quadros das várias batalhas travadas pela *Grande Armée,* o busto de Napoleão — era a França que ela conhecia, por entre livros que lia e outras histórias que foi escutando das conversas com o marido.

22

O ASPECTO DA ILHA NÃO PODIA SER MAIS DESOLADOR. Mas era tudo o que restava de fogos vulcânicos, revolução da matéria, explosões colossais. A tudo isto se juntava a atmosfera baça das manhãs mergulhadas no *pó di terra*. Para os comerciantes americanos, ingleses, italianos e franceses aqui instalados, Santiago não passava de um quadro pobre, estéril, terra imprópria para vegetação. Para Charles, porém, a grandeza estava precisamente na sua desolação. Milhares de homens e mulheres tinham sido trazidos, da costa africana, em escunas como aquela, para começar novas vidas nesta ilha. Uma terra de novas e estranhas sensações, cheiros, intenções fortes de vida e de morte. Lugar de muitas interrogações e de contrastes profundos, miséria obscena, capaz de desafiar convicções. Desde que ali chegara, tinha a sensação de que vários mundos se sobrepunham, ligados como que através de portas, num vasto e complexo sistema de significados, cuja essência estava na ocorrência dos eventos, na clareza dos fatos, como ele tentava exprimir nas cartas que escrevia, à noite. As palavras transmitiam a excitação da descoberta contínua, procurando a ordem lógica das coisas, nessa tremenda e universal vastidão.

Um ano antes, em Castle Hill, Charles juntara-se aos "cavaleiros acadêmicos" do professor Sedgwick. Cavalgavam pelos campos em volta de Cambridge, por onde iam assistindo a aulas sobre geologia e a história da Terra, cumprindo o importante lema do professor: estimular, incendiar, se possível, a imaginação. Santiago era um campo geológico vasto para ser explorado, mesmo que da garupa de um simples pônei. Charles estava convencido de que existia uma lógica, um percurso histórico capaz de ligar a natureza atual ao seu passado distante. Seguia de perto as teorias de Henslow, outro professor de boa memória, cujo carisma e arte em explicar as regras da geologia suplantava a aridez e a dureza de outros mestres. O jovem naturalista aprendeu trigonometria, a calcular a inclinação das rochas, e a manusear instrumentos de medição, como o clinômetro. Henslow e Sedgewick eram como duas extensões do doutor Robert Darwin, lá aonde a figura do pai não o poderia acompanhar. Sentia também a necessidade de fazer-se rodear por homens mais velhos, aqueles que lhe poderiam ensinar e permitir ir mais longe no seu conhecimento. Siríaco era o mais recente. Conta-lhe histórias sobre a capitania de Sergipe Del Rei da sua juventude, o Brasil das árvores gigantescas e animais fantásticos. O território onde irão deitar âncora, depois da vila da Praia.

23

Lisboa, julho de 1786

POR CAUSA DE UMA CAÇADA REAL, só dias depois da chegada a Lisboa pôde Siríaco conhecer a pessoa a quem era destinado. O príncipe herdeiro aproximou-se dele com um ar gentil e insinuante. Comoveu-se com a sua figura: de pé, no meio da sala, numa paradisíaca beatitude. Apenas uma faixa de tecido lhe tapava os órgãos genitais. D. Jozé era um homem novo, alto e distinto, de rosto belo e corado. Siríaco fez-lhe uma vênia suave, como lhe tinham ensinado. Ouviu quando o príncipe disse que ele era ainda mais espantoso do que imaginara, mais extraordinário do que a descrição que D. Rodrigo Menezes de Noronha fizera na sua carta. Deu depois duas voltas, inspecionando-o: passou-lhe a mão pelo peito, pelos braços, pescoço, pernas, nádegas, sorrindo para os criados e perguntando se ele falava português. Logo lhe responderam: "Sim, Sua Alteza, ele veio da Bahia..." "Eu sei que ele veio da Bahia", rematou. E virando-se para ele perguntou: "Como te chamas, meu rapaz?" Siríaco respondeu, timidamente. Mas ficou calado quando o príncipe quis saber quantos anos tinha. "Tem doze anos, Sua Alteza", respondeu outro dos criados por ele. Siríaco baixou depois a cabeça enquanto D. Jozé lhe inspecionava de perto a mancha branca no cabelo descendo pela testa e o pingo da mesma cor, na ponta do nariz e no queixo, dizendo-lhe, "Não haja dúvidas, rapaz, és um belo e estranho exemplar, uma figura deveras fantástica". Dirigiu-se de novo aos criados: "Quero-o banhado e cheiroso. Pretendo apresentá-lo à família amanhã".

No dia seguinte, Siríaco viu-se diante de uma rainha D. Maria de semblante grave e silenciosa, ainda tristonha pela morte do marido, ocorrida dois meses antes. Apesar do luto e da angústia, o rapaz malhado pressentiu no olhar e na atitude da senhora, de volume e porte vigorosos, gestos dignos e graciosos, um afeto maternal e uma bondade magnânima que ele não imaginava que pudesse existir. Tudo isto exibia a soberana, com naturalidade, na companhia do seu outro filho, o príncipe João, e a sua camareira-mor, D. Henriquetta, a duquesa de Marialva, que lhe lançou um olhar repugnante quando D. Jozé lhe despiu a camisa e ela lhe viu a pele felina. Já o olhar do jovem Siríaco pousara naquela figurinha estranha e enigmática, sentada ao lado da rainha, e que fazia ressaltar ainda mais a brancura dos braços de Sua Majestade. A anã negra retinta fixava-o, num vestido branco rendilhado, com um olhar altaneiro e irrepreensível. Chamava-se D. Roza do Coração de Jesus e tinha várias pulseiras nos braços. A alguma distância estavam outras três figurinhas, igualmente exóticas, um índio e dois negros, como se fossem todos da mesma família:

Marcelino de Tapuia, Martinho Tomás e D. Pedro, os outros anões da corte. Estes olharam-no, impassíveis e entediados, nos seus trajes sedosos e coloridos.

Na manhã seguinte, Siríaco partiu com o príncipe herdeiro para uma caçada na serra de Sintra, a primeira de várias em que participaria, como uma espécie de mascote. Integrou aquela pitoresca caravana de homens vestidos de escarlate, de armas reluzentes, criados conduzindo bestas de carga repletas de mantimentos, todos atarefados, que dormiam em toldos listrados, suspensos nas paredes de ruínas. Ficou admirado pela sagacidade a que essa caça bravia obrigava: os cães adestrados, a coragem exigida, o antigo instinto, a inteligência colocada nas batidas de javalis e alces. Identificou ali as primeiras experiências em que a morte poderia descer, a qualquer momento, sobre aquelas criaturas perseguidas ou os próprios homens, instigados pelo furor de outros caçadores. Admirava a justa perseguição e o combate por entre a folhagem e, finalmente, a festa triunfal. Poupavam-se vidas de homens, mulheres e crianças enquanto houvesse tempo para caçar e não fazer a guerra, disse o príncipe herdeiro. A carne dessas caçadas, assada a meio do dia, resultava quase sacramental, como epílogo daquele ritual ancestral.

Nos meses seguintes, foi exibido em salões luxuosos, pelos palácios do reino, onde a sua figura causava olhares de espanto a médicos, estudiosos e outros homens da ciência, em especial os estrangeiros de passagem por Lisboa. Era a muda criatura, como lhe chamavam, que todos queriam estudar. Seria mais sensível nas partes brancas da pele? E o faro, seria também apurado, como o de um animal? Nalgumas sessões particulares, que organizou no Palácio da Ajuda, D. Jozé convidou quem quisesse desenhá-lo e reproduzir na folha o corpo dessa "existência estática e sem história" que albergava "uma alma ainda sem luz nem pecados", como proclamava. Talvez lhes respondesse sobre alterações no seu físico e revelasse algum segredo sombrio, que só os encantados podem carregar. Nas noites de verão, D. Jozé levava-o até ao cimo de uma colina para juntos observarem as estrelas e a lua refletida no Tejo.

Até que, pouco a pouco, foi deixando de ser a novidade e o assunto preferido das conversas do príncipe. Este pareceu esquecer-se da sua existência. Passava mais tempo no seu gabinete de Física, no qual despendera avultada soma em máquinas e instrumentos vindos de Inglaterra. O soberano acreditava nos astros. Com o tempo, passou também a conceder ao jovem negro malhado uma afeição sem ternura, a mesma que dedicava aos seus cães de caça ou aos seus instrumentos científicos. Mas Siríaco manteve-se um rapaz curioso e não se pode dizer que fosse um ignorante. Com o tempo, lamentou a falta de oportunidade para provar ao príncipe herdeiro a sua competência enquanto ser humano. Mas alguma coisa nele cedeu e abriu-se. Tornou-se mais acessível às coisas do mundo, mesmo quando estas eram, muitas vezes, mera quimera ou ilusão da liberdade. Um idealismo ingênuo, adquirido das palavras do príncipe herdeiro, homem da Ciência.

24

A NOVA VIDA NA CAPITAL DO REINO não tinha a violência da sua infância, no vale do Cotinguiba. O Real Paço de Belém tinha a fachada voltada para o remanso do rio Tejo e era rodeado pelos jardins do Pátio dos Bichos. Daqui escutava o canto matinal das aves canoras, que o ajudavam a instalar-se na sua nova casa. Siríaco não era o primeiro negro a chegar à corte de D. Maria. Após receber duas camisas de linho, dois calções, um capote, um lenço, meias de cor preta e branca, um par de sapatos e outro de botins, um chapéu, uma fivela de prata, uma toalha, um conjunto de talheres, um prato e uma tigela de louça de barro vidrado, Siríaco arrumou tudo, sentou-se na cama e cheirou a pureza alva do lençol de linho. Reparou então nas figurinhas que se acotovelavam na porta do seu quarto: seis anões, cinco deles negros, e dois jovens adolescentes, igualmente negros. Num instante, viu-se rodeado por estes, que não paravam de lhe tocar nas pernas, beliscando-o e curiosos por ver a mancha branca do seu corpo de que toda a gente falava. Faziam-lhe perguntas, riam-se e puxavam-no pela mão, chamando-o pelo nome. Um dos rapazes tirou-lhe a camisa e de imediato os anões recuaram, em silêncio, com um ar incrédulo. Um deles disse, "É verdade, parece mesmo um tigre", e outro adiantou, "É como uma vaca malhada..." E caíram numa forte gargalhada. O anão que não era negro observava tudo da porta. Siríaco reconheceu nele os traços dos índios do Brasil. Ao contrário dos outros, não se mostrou nada impressionado com o que via. Chamava-se Marcelino, mas apesar do nome não falava uma palavra de português.

Nos dias seguintes, o "preto branco", o "negro pigarço", como também lhe chamavam, foi o centro das atenções no Real Paço de Belém. Aias, criados, cozinheiras, moços da quinta dos animais, guardas e cocheiros, todos queriam ver de perto o menino-tigrado chegado da Bahia. Aos poucos, começou a distinguir melhor aquele grupo de anões. Os laços entre eles foram-se estreitando, como a classe de um colégio interno. Martinho Tomás, que usava um capote de baetão, guarnecido com peles e galões, tinha sido o primeiro a chegar à corte, dez anos antes. Também viera do Brasil, "juntamente com uma onça", como lhe contou, imitando o rugido do animal. Paulo e Luís, que não eram anões, vestiam calções de veludo, meias de lã, camisas de linho e de pano de Saragoça; o anão a quem chamavam D. Jozé vestia camisas de cambraia, com punhos de renda. No ano seguinte, Siríaco viu chegar à corte mais três anões, Mateus, Sebastião e D. Ana — estes últimos vindos de Moçambique —, que se juntaram a Paulo, Luís, Martinho Tomás, D. Jozé, Benedito, D. Pedro, Marcelino, D. Roza e Martinho de Mello e Castro. A sua tarefa, enquanto serviçais, era serem mostrados, como curiosidades, aos convidados da família real de visita ao Paço de Belém e outros palácios reais, em especial membros das cortes europeias. Acompanhavam a rainha quando esta se deslocava para a missa ou em passeios e visitas para fora de Lisboa. Cada um sabia o seu lugar no seio da "família exótica". D. Roza do Coração de Jesus não era a mais velha, mas era a anã mais antiga na corte, onde estava desde 1781, logo depois de Martinho Tomás. A rainha tinha-a em grande estima. Os seus aposentos ficavam sempre ao lado do quarto da soberana, em todos os palácios. Siríaco e os outros anões só a viam quando ela acompanhava D. Maria de visita ao Real Paço de Belém. Como sempre fazia, D. Roza ignorou-o quando se cruzaram. Dirigiu-lhe a palavra, pela primeira vez, muito tempo depois, durante uma merenda, na Quinta da Marialva, quando ele acompanhou a família real. Nessa noite, ultimavam-se os preparativos para o espetáculo do fogo-de-artifício, com os membros da realeza circulando pela casa e jardins, quando Siríaco viu a pequena valida de Sua Majestade surgir de entre a comitiva das damas de honor, num flamejante minivestido escarlate, ultrapassando rapidamente a condessa de Lumiares, nos seus passinhos. Chegando-se perto, olhou-o e disse-lhe, numa voz aflautada: "Fica no teu canto, rapaz, e não abras a boca". Siríaco viu depois a anã beiçuda a afastar-se, desaparecendo, como uma pequena fada, por entre os vestidos de musselina de D. Maria e sua irmã mais nova, antes de tomarem os respectivos lugares à janela. D. Roza sentou-se no parapeito, nos braços da infanta D. Carlota. As rodas de fogo começaram a girar e a zunir. A luz azulada dos foguetes iluminava a noite e os campos em volta. Com o tempo, Siríaco haveria de descobrir o mau gênio e a irritabilidade que D. Roza do Coração de Jesus carregava como um halo.

Siríaco não lhes fazia perguntas, se tinham irmãos ou se os seus pais também eram anões — ele supunha que sim. Mas nunca sabia muito bem o que pensar deles, se estariam a falar a sério ou a brincar, a serem honestos ou a preparar alguma brincadeira. Por vezes, encontrava Marcelino de Tapuia no Pátio dos Bichos, sentado num banco, sob um grande eucalipto. A árvore e a configuração daquele local eram como uma amostra minúscula das matas da Amazônia. Lamentava não saber falar a sua língua, nem os conhecimentos de português de Marcelino serem suficientes para poderem ir mais além daquele mínimo diário. A imagem e a memória do índio Marcelino faziam parte do melhor que ele havia vivido durante a sua passagem pela corte. Terá sido uma das raras zonas iluminadas do seu difícil relacionamento humano. Era como uma espécie de visão familiar, na errática sucessão dos acontecimentos desse período da sua vida. E apesar da grande diferença de idades, não se pode dizer que o índio fosse suficientemente novo para serem colegas, nem suficientemente velho para não serem amigos.

25

Na longa carta, destinada a Mister Charles, Siríaco recorda como o primeiro inverno europeu se lhe instalou no corpo franzino. Sentiu a falta da vida no engenho de Princeza da Mata, da família, do cheiro sadio da terra do vale do Cotinguiba e o ruído do vento no canavial. As memórias e a nostalgia ocuparam-lhe o espírito, ao longo dos primeiros meses, mesclada com sentimentos de estranheza, que se tornariam predominantes. A desordem e a confusão dos costumes eram consideráveis. As atitudes dos adultos, na capital do reino, eram-lhe muitas vezes ininteligíveis. Viu as águas do Tejo escurecerem e a outra margem cobrir-se de nevoeiro. Descobriu que algumas árvores da praça de Belém podiam ficar nuas e totalmente irreconhecíveis. Sempre que as nuvens recuavam e o sol aparecia, saía a passear pelo Pátio dos Bichos, nas traseiras do Real Paço de Belém. Aproveitava para brincar com os pássaros nas gaiolas ou conversar com os moços que cuidavam da pequena manada de onze zebras. Observava, igualmente, os peixes coloridos da China, no tanque, e como o sol projetava os seus raios por entre as águas turvas e paradas. O viveiro dos pássaros, com o chilrear das araras, tucanos, papagaios, periquitos e pavões, traziam-lhe os entardeceres abruptos do vale do Cotinguiba. Mas do que Siríaco mais gostava era de ajudar a alimentar o elefante africano, o paquiderme, como lhe chamavam os moços da quinta. Atirava-lhe pedaços de pão e de coco, à distância, enquanto eles lhe enchiam o comedor de favas, ervilhas e arroz, e despejavam galões de vinho no bebedouro. Por vezes, ajudava também a transportar a cevada, o milho e o pasto para os zebus de Angola. Durante algumas semanas, amamentou um tamanduá com leite de vaca. Por fim, permitiram-lhe que aparasse os cascos das zebras mais velhas. Quando chegava algum felino novo — tigre, onça ou leopardo —, era transportado das embarcações, no cais de Belém, até ao Pátio. O espetáculo atraía toda a criadagem, incluindo os anões, que se juntavam à população da zona de Belém e corriam a avaliar o grau de ferocidade do animal. Nas cavalariças, os cavalos de Sua Majestade, as zebras, os bois, os camelos, as gazelas, e o resto dos animais, liderados pelos macacos, entravam num alvoroço infernal. Por vezes, Siríaco encontrava o índio Marcelino de Tapuia também deambulando pelos jardins do Pátio dos Bichos, os cabelos despenteados, sem as habituais fitas, a banha e os pós com que os untava.

No início do ano seguinte, Siríaco e o anão D. Jozé receberam pastas, palmatórias, catecismos, cartilhas, tinteiros e juntaram-se a Luís e a Benedito nas aulas do mestre-escola, José Bonifácio. Marcelino também se lhes juntou, semanas depois — apesar de já contar vinte e seis anos —, com Martinho Tomás e Sebastião. Antes do início das aulas, viu, com curiosidade e alguma inveja, Paulo ingressar na Aula Pública de Desenho, mas não sem que antes lhe pedisse para o deixar ver e cheirar o papel e os lápis e pegar nas penas de latão que ele iria usar. Fora o mestre José Conrado Roza, o pintor da corte, o primeiro a reparar no talento do jovem negro. Era da opinião de que Siríaco e Martinho Tomás deveriam seguir as pisadas de Paulo. Contudo, Siríaco também possuía habilidade e talento para os trabalhos manuais. E dada a sua condição, alguém decidiu que o "negro pigarço" teria mais futuro não como artista mas como carpinteiro-marceneiro. Mas nem por isso deixou de passar horas em silêncio a observar o mestre Roza a trabalhar nos tetos e nas cornijas dos salões, e nos retratos que a corte lhe encomendava. Fascinavam-no os movimentos circulares da sua mão ossuda, a forma macia como espalhava as cores vivas, o pincel úmido, a concentração e a técnica, a postura e atitude distantes. Por vezes, Benedito chegava e trepava por uma cadeira para melhor observar o trabalho do mestre, pigarreando para se fazer notar. Siríaco ia depois ajudar Marcelino de Tapuia nas lições de matemática e língua portuguesa, explicando-lhe os ensinamentos do mestre-escola. No entanto, passado pouco tempo o índio abandonava o lápis e a folha, saía aborrecido da sala e desaparecia pelos jardins do Pátio dos Bichos.

No início de setembro, após regressar das Caldas, o príncipe herdeiro, D. Jozé, ficou doente. O ambiente no paço real ficou tenso e triste. O cirurgião da corte ocupou-se dele, durante vários dias, por entre sangrias e uma dieta rigorosa de caldos de frango. D. Maria não deixava o leito do filho. Ficava com ele de manhã à noitinha, antes de dormir, como havia feito quando ele era criança. Pegava-lhe nos braços, sentada junto à cama, e colocava-lhe os pés sobre uma almofada. Os tênues movimentos de D. Jozé desencadeavam nela ondas de esperança. A palavra "morte" enchia a soberana de uma repulsa avassaladora. Mas a palidez no rosto do filho mais velho manteve-se por vários dias. O Príncipe do Brasil perdeu bastante peso, enquanto o médico da corte fazia tudo para o salvar.

Benedito, que acompanhara os últimos momentos da porta do quarto, saiu logo pelos corredores, dizendo, "Sua Alteza Real, o Príncipe do Brasil, está morto, morreu…". E foi, pelos salões e corredores do paço, dizendo-o para si próprio, choramingando. Subiu as escadas e continuou, "… está morto, acaba de morrer…". Deparou com Luís, que o julgou histérico. "Sua

Majestade está num pranto, Luís", continuou, "é uma tristeza muito grande". Luís sentou-se na cama. Acabou de se vestir e dobrou meticulosamente o pijama e pediu ao anão que lhe contasse mais pormenores, quem estava no quarto do príncipe e o que se iria seguir. Benedito movia delicadamente as mãos, tremendo os lábios. "É uma desgraça", disse, esforçando-se para chorar mais do que até agora conseguira. E assim foi passando pelos restantes aposentos, seguindo pelos corredores, levando a notícia até à cozinha e às cocheiras do Real Paço de Belém.

A morte do príncipe herdeiro, de varíola, aos vinte e sete anos, mergulhou D. Maria e a sua corte numa profunda depressão. Siríaco e os anões receberam fivelas de luto, gravatas negras e roupas com fumo, que usaram durante semanas. Foram proibidas festas e celebrações. Toda a corte, nobreza, funcionários, burguesia, gente do povo, os serviçais da rainha, incluindo os anões negros, participaram nas cerimônias fúnebres.

Siríaco recordava os olhos melodiosos que alternavam com uma breve melancolia, os gestos dignos e graciosos de D. Jozé, a imagem intacta do homem novo que lhe quis ensinar coisas do mundo e da ciência. A sua morte prematura trouxe-lhe uma profunda tristeza, que se prolongaria por muito tempo. Encontrou algum consolo nos versos do *Lenitivo da Saudade na Sensível Morte do Seren*í*ssimo Senhor D. Jozé*, uma das suas leituras de cabeceira preferidas. Ao longo da vida, sonharia amiúde com os ciprestes fúnebres do poema, entre os quais se via sentado, olhando as lúcidas estrelas e o oposto hemisfério, num horizonte qualquer, onde imaginava que o malogrado príncipe estaria a descansar pela Eternidade.

Para além do mestre Roza, Siríaco aprendeu a desenhar e a pintar com o anão Martinho Tomás. Certo dia, observava como ele preparava as aquarelas, os pincéis e começava a distribuir as cores sobre o desenho no papel, quando, de repente, chega Benedito e lhe bate no cotovelo, como se por acidente, borrando a pintura. "Pronto… já estragaste tudo", reclamou Martinho Tomás, lançando-lhe um olhar furioso. "Porque é que fazes sempre isto?" Gritou-lhe de tal maneira que o criado que estava na sala ao lado veio espreitar e fechou a porta.

Por vezes, quando estavam bem-dispostos, os restantes anões gostavam de pôr à prova a paciência de Martinho Tomás e ver-lhe os acessos de raiva. Era quando se perdia numa gaguez que aumentava sempre que era acossado pelas partidas e o humor folgazão de Benedito. Este planeava tudo, de forma divertida. E conhecendo a discrição de Siríaco, partilhava com ele as suas ideias, rindo baixinho. No final do verão, quando ele se despediu da corte e foi trabalhar na Real Fábrica da Fundição de Artilharia, junto com Luís, deixou um rasto de tristeza no paço real.

Esse foi o ano em que D. Pedro, o último anão africano, chegou à corte vindo de Luanda. Tinha entre trinta e quarenta anos e era de um espírito encantador. Possuía uma voz suave, com uma afinação de corista, embora nunca tivesse cantado na vida. Houve quem acreditasse que era capaz de encantar os próprios animais. Estas qualidades destacavam-se ainda mais na presença de D. Roza do Coração de Jesus. O contraste de caracteres entre ambos não podia ser maior. Mas isso não impediu que entre eles se instalasse alguma tensão passional.

Quando anunciavam a chegada da rainha ao paço real, D. Roza surgia atrás da soberana, nos seus sapatinhos prateados, redebrilhando. Mal via os restantes anões, punha o seu ar de enfado e passava por eles, acelerando o passo, mostrando-se atarefada e sem tempo para ninguém. Deixava escapar um bocejo, quase sem abrir a boca, perante as conversas deles, incapaz de disfarçar o tédio e a irritabilidade. Tinha-se na conta de uma deliciosa personagem de um conto de fadas. A eles, os restantes anões, via-os como homenzinhos apagados, sem qualquer graça. Mas não se coibia de tentar seduzir jovens soldados da guarda do paço. Na presença de D. Maria, esmerava-se ao fazer a vênia, especialmente quando os outros anões estavam por perto. Fixava-os, depois, com os seus olhos pretos, as narinas dilatadas, a pele lustrosa no vestido branco, emanando um ar de certitude, como se lhe assistisse algum direito sobre todas as coisas em volta. O ar superior aumentava quando as amigas da rainha competiam entre si para ver quem lhe ofertava os presentes mais bonitos e para agradar à valida de Sua Majestade.

Talvez o mau gênio da preferida da rainha fosse já uma reação inconsciente à morte que aí vinha, restando-lhe pouco tempo de vida. D. Roza escondia esse combate permanente com o mundo, bem como uma condição mais frágil. Não havia nela nada que se pudesse identificar como um rasgo de inocência bem-intencionada. Gostava de circular, na sua rapidez habitual (nunca caminhava naturalmente), na ingênua ilusão de escapar à morte e respirar nesse canto soalheiro que a vida lhe reservara. Não queria, por nada, perder essa benesse, nem ficar para trás, como se soubesse que aquela vida rodeada de privilégios não duraria por muito tempo. Gostava de dar a ideia de estar sempre ocupada com assuntos importantes, não só para a sua existência, mas do interesse da própria rainha. Era perigoso perder essa pose, por qualquer distração que fosse, e parecer vulgar e comum aos olhos dos outros. As suas inquietudes só podiam ser coisa passageira e de menos importância. Claro que seria ridículo falar-se em intimidade entre ela e a soberana. A própria ideia era absurda e patética, e só poderia ser entendida como uma grosseria da sua parte. Mas era tudo o que D. Roza queria que pensassem, pretendia criar mesmo essa convicção nos outros. O afeto que a rainha lhe tinha era apenas uma outra maneira de dizer a mesma coisa, explicar o trato preferencial. E este sentimento preenchia-lhe todas as regiões da sua pequena alma. D. Roza amava aquela rotina palaciana, ainda que soubesse da sua real condição. Também não aspirava a mais do que lhe era concedido e não demonstrava qualquer nota de insatisfação aos olhos da sua rainha. A atmosfera de opulência e de poder, que a rodeava, preenchia-lhe o ego e satisfazia-lhe as ambições. Não se esperava que provocasse risos nos outros ou que surpreendesse com tiradas de humor. Não era esse o seu papel. Isso era para Martinho Tomás, D. Jozé, D. Ana, Benedito, Sebastião e os outros anões. A sua vida era mais sofisticada e estava noutro plano hierárquico em relação a estes. Tampouco comungava daquela melancolia que os abraçava. Nem tinha qualquer saudade da vida ou de parentes que deixara em Angola. Na verdade, não se lembrava de alguma vez ter vivido numa aldeia africana. Tudo não passava agora de uma névoa longínqua no seu pensamento, não sobrando sequer o recorte de uma montanha, um som da sua língua materna. Para D. Roza, qualquer ligação ao passado era um desperdício de tempo e sentimentos.

A chegada de D. Pedro veio abalar-lhe algumas certezas. D. Roza não ficara indiferente ao anão de Luanda. Secretamente, apreciava-lhe a inteligência, o lado alegre e de bem-falante. Também não lhe escapavam os seus olhares e o galanteio tímido. Na verdade, divertiam-na até bastante. Era capaz de deixar cair o lenço pelo corredor, de propósito, na certeza de que de imediato ele o apanharia e lho entregaria, cortesmente, feliz por estar na sua presença. Era quando lhe falava às pressas, apesar de já ser homem de idade madura. Embora o desejasse, não se oferecia para acompanhá-la, porque sabia que ela não lhe concederia tal avanço. O seu estado de homem apaixonado revelava-se ainda mais quando, por alguma circunstância, ficavam algum tempo sentados, perto um do outro, em silêncio. "O seu lenço é muito bonito", deixava ele escapar. Ela respondia-lhe com uma gargalhadazinha, forçada e um pouco trocista, mas o suficiente para lhe causar uma perturbação nos tímpanos. Quisera que D. Roza ficasse ali, sentada a seu lado, com os seus pezinhos balanceando no ar, ao lado dos seus, até a rainha voltar dos seus afazeres e partirem de novo para Queluz. Ficava, então, ansioso, esperando revê-la nalgum dos palácios reais, num passeio ou na próxima visita da soberana a Belém. Recordava os seus lábios carnudos, os sorrisos plácidos e angelicais que ela dirigia à rainha, o olhar vago que estendia à sua volta, sempre que acompanhava a soberana à missa ou a um recital, numa basílica ou convento. Quando o seu olhar se cruzava com o dela, D. Pedro olhava logo em frente, enervado e carrancudo. Ela parecia divertir-se, imensamente, com a sua reação. Certa vez, D. Roza entrou apressada no Real Paço de Belém, e disse-lhe, "Vim visitá-lo, D. Pedro...", ao que ele respondeu, de imediato, "Não, não veio, veio acompanhar Sua Majestade, não brinque...", vendo-a, depois, espantada pela sua resposta rápida, a espreitar por cima do ombro, conscienciosamente, antes de esboçar um breve e frio sorriso. "Vejo-me obrigada a evitá-lo...", disse-lhe ela, numa outra vez. "Penso que é melhor não...", respondeu D. Pedro, num irreconhecível estado de autoconfiança. "Talvez tenha de deixar de lhe falar...", insistiu D. Roza. "Por que dizeis isso...?", perguntou ele. "Não é da vossa conta...". Depois, ela desapareceu tão rápida e silenciosa quanto viera. "Que será que lhe fiz...", pensou ele, ainda a sentir o cheiro do perfume francês, provavelmente do seu banho matinal.

Uma obscura lei do acaso faria com que a proximidade entre D. Roza do Coração de Jesus e D. Pedro de Luanda se estreitasse ainda mais. Senão pela eternidade, pelo menos para a sua antecâmara, a posteridade. Talvez o mestre pintor e retratista da corte, José Conrado Roza, conseguisse fixar, com o seu pincel, as ondas daquela sufocada paixão. A princesa Francisca Benedita tivera a ideia de juntar os anões numa pintura, numa encenação matrimonial. Por que não? Sua Majestade, a rainha, gostara da sugestão da "cerimônia de núpcias" da sua valida D. Roza com D. Pedro, negro anão de Luanda, voz de canário. O mestre Conrado Roza encontrou a melhor forma de os dispor na tela. A imagem dos sete anões e um rapaz-tigre, cromáticas e passíveis nos seus contornos, surgiu-lhe juntamente com a do lento e intencional voo da pomba, prestes a ser atravessada pela flecha do índio Marcelino de Tapuia, que só teria de imaginar a ave, e fazer de conta que visava os pequenos macacos da sua floresta amazônica. Os respectivos nomes, as idades e resenha biográfica virão depois e bem disfarçadamente, por entre as suas roupas, assim como a assinatura final, JCR, do mestre. "Belo! Magnífico!", exclamava a princesa Francisca Benedita, maravilhada com o andamento dos trabalhos. Os corpos ganhavam vida e as vestes ressaltavam todo o seu colorido. Mas os rostos ficarão sem qualquer expressão. E não havia como registar o roçagar da seda do vestido de noiva de D. Roza.

Três deles sobem ao palanque, onde formam o vértice da pirâmide da sociedade: Martim de Mello e Castro (não confundir com o verdadeiro, o ministro dos Negócios Estrangeiros) com a mitra eclesiástica na cabeça — o poder espiritual, em olhos de menino —, celebrando o "casamento" de D. Roza e de D. Pedro. E na base, os acompanhantes, as testemunhas, os do povo, indispensáveis a qualquer cerimônia nupcial. Largos minutos depois, descem para tornarem a subir, várias vezes, ao longo da manhã, porque pintar cansa, tanto o modelo como o artista.

E a obra não é pouca. Oito são as figuras, sem contar com a caleche, que será pintada, mais tarde, no lugar do palanque. No sonho dos noivos, secretamente comprometidos, estes sairão depois nela, levados pelo *animus* inviolável da paixão e por cavalos brancos, para a sua lua-de-mel imaginária. Mas, por agora, ninguém vai a lado nenhum. É preciso paciência, ficar quieto, respirar apenas, não coçar demasiado o nariz ou a cabeça. Nada fácil para quem está habituado a circular livremente. O mestre vai executando o esquisso, com a ajuda de um jovem aprendiz. D. Jozé mexe por demais a cabeça. Está com o pífaro nos lábios há algum tempo; olha para o lado, espreita os que estão acima e diz uma graça sobre a mitra bispal de Martim. D. Ana está tensa, talvez com vontade de se assoar. Abana o pandeiro para dar vida ao cenário; os outros riem. O mestre não. Ainda não lhes deu autorização para se descontraírem. Falta terminar a linha das figuras, que ficarão na tela na sua proporção real, nem mais centímetro nem menos centímetro, assim como a cor da pele, nem mais clara nem mais escura. Talvez deixe o resto do cenário para o ajudante, para este se exercitar na construção da caleche, no contorno de um monte e na árvore, onde pousará a pomba virginal. Siríaco está quieto. É quem menos pode reclamar. Veste a sua própria pele, para além de um calção, que sairá um tanto moderno para a época e a preto e branco, não se sabendo se assim o era mesmo ou se por vontade do mestre pintor. Depois de serem dispensados pelo mestre Roza, tricórnio, casaca, vestido de seda e outras peças de roupa serão arrumados, prontos para outro cenário de entretenimento. Siríaco continua a segurar na corda com que ele e D. Jozé fingem puxar a caleche nupcial, e que será dourada na versão final da pintura. A luz será também outra, polida nas suas cores finais. Havia nele uma sensação agradável sempre que posava para o mestre Joaquim e agora para Conrado Roza. Experimentava uma vertigem de bem-estar que o centro das atenções provoca nos protagonistas. Entrara no ritmo da pantomima, entre festas e fogos-de-artifício, por onde desconfiava que a sua vida juvenil se iria expandir. O jovem Siríaco foi ganhando cada vez mais consciência de que o ritmo do seu quotidiano era infinitamente mais complexo do que o dos outros elementos da corte especial da rainha. Para o resto do grupo, à exceção de D. Roza, tratou-se de mais uma atuação, como aquelas que estão habituados a fazer na corte, para os convidados. Fica-se agora em camisa e meias brancas e volta-se às rotinas do paço real — homenzinhos e mulherzinhas, que é o que eles e elas são, para todos os efeitos. Menos o jovem Siríaco, no seu mistério ambulante. Sairão da sala aliviados, ao cabo de algumas horas a fazerem-se de estátuas. A imobilidade forçada é sempre irritante.

Mas será o começo do verdadeiro trabalho para Conrado Roza. Que não haja dúvidas: a pintura continua a ser a melhor forma de preservação dos corpos e da alma. Já assim lhe havia dito o pai, Domingos da Rosa, antigo professor de Sua Alteza Real, a princesa Francisca Benedita, e da irmã, Sua Majestade, a rainha, ela própria. Será ele um mestre solitário, como tudo indica? Herdou do pai a impaciência e a irritabilidade. Mas está contente com a encomenda e sobretudo por a princesa ter aceitado a sua sugestão do cenário piramidal, para encaixar as oito figurinhas exóticas. Tem o ateliê num quarto andar onde habita com a mulher, numa das colinas da cidade, cuja janela, ampla, traz-lhe a luz do sul e a maresia do Tejo. A mesa larga e comprida, no meio da sala, e os cinzéis de vários tamanhos pendurados indicam que também executa trabalhos como gravador. Num canto há um balde de madeira onde repousam pincéis, dentro de água, e outras tantas telas penduradas e encostadas à parede.

Não tinha motivos para se queixar. Anos antes, sucedera ao pai como mestre retratista e pintor da corte. Já tem vários retratos no seu historial, para além dos trabalhos executados na decoração do pavilhão Robillon, no Palácio de Queluz. Duas coisas lhe vêm à mente, enquanto descansa e fuma o seu cachimbo e a mulher lhe prepara a ceia: o rapaz-tigrado e a palpitação verdadeira entre os dois noivos de fingir. Homens e mulheres não perdem os sentimentos e a paixão só porque são de tamanho e cor diferentes. "As núpcias são encenação, mas as vontades são verdadeiras", comenta com a mulher. Porque um artista não pinta apenas aquilo que vê à sua frente, mas também o que lhe chega do olhar dos retratados. As feições e tonalidades juntam-se aos suspiros e ansiedades sufocadas; os peitos sobem e descem, na proporção do calor que vai no sangue. E ninguém lhe tira a certeza, diz para ela, em jeito de conclusão, de que ali se viveu e registou na tela pequenos momentos de paixão e encanto. "A anã beiçuda da rainha e o outro preto gostam-se", afirmou. A mulher deu uma sonora gargalhada. "Aquelas almas estavam como o Tejo em dia de tempestade", insiste ele, levantando-se. Pega então no esquisso que tinha sobre a mesa, onde desenhara uma pirâmide com as figuras distribuídas nos seus lugares, e escreve por cima e de lado: um metro e noventa centímetros por dois e setenta.

Aos quinze anos, os dotes vocais de Siríaco foram confirmados pelo maestro e ele integrou a orquestra da capela da rainha. A soberana ficara maravilhada com a voz e a paixão do "Negro Pio" pelo canto — por essa construção invisível de Deus, como gostava de dizer. Ela própria se havia entregado a essa arte dos sons, exercitando-a, constantemente, admirando as orquestras de flautas, oboés, violinos e violoncelos. Quando o tempo o permitia, os músicos juntavam-se nos jardins dos palácios, em volta de um cipreste, perto de um lago ou de uma estátua, soltando os primeiros arpejos de árias antigas ou de alguma partitura nova, chegada de Itália. As aulas de canto e os ensaios foram para o jovem negro malhado uma forma de conhecer mais mundo e mais pessoas. Os serões musicais abriram-lhe as portas para um universo lírico de sons e prazer, que lhe aumentou em muito a autoestima. Estava radiante por fazer parte daquele grupo de músicos e cantores, que ele se habituara a ouvir e a espreitar de longe, nos seus ensaios. Como não adorar o esplendor das óperas e as composições de música sacra, sobretudo aquelas que faziam parte do repertório das exéquias, escutadas nas igrejas e conventos? Ficara muitas vezes à porta da capela, observando o maestro, na luz forte da manhã entrando pelos vitrais, aquela figura magra e enigmática, intensa, regendo o conjunto de músicos por ele escolhidos. Pousava também os olhos na cabeça inclinada de um dos violinistas, deleitado na escadaria de sons por onde lhe subia a melodia. Via como ele movia o arco para cima e para baixo, numa expressão de felicidade plena, de quase-êxtase. Durante as exéquias, chegava a chorar de emoção pela majestosa melodia que só podia confortar, com intenso calor, as almas dos antepassados a quem era dedicada. Outras vezes, sentia no espírito a vibração sublime da música que se repercutia pelas naves das basílicas.

A orquestra seguia os passos da rainha, nas suas deslocações sazonais, para fora de Lisboa, sempre pronta para as serenatas de fim de tarde. Numa dessas viagens, repetiu-se o instante inolvidável que lhe havia marcado, tempos antes, o convívio com o padre Polycarpo, homem aparentemente severo, mas que escondia um caráter cínico e trocista. O padre deslocara-se ao Paço de Belém para batizar os jovens Paulo e Luís. No final, pedira a Siríaco que o seguisse, precisava de falar-lhe em particular. Depois de entrarem numa das salas mais recônditas do paço, fechou a porta, baixou-lhe as calças e disse-lhe: "Preciso de saber a cor desse teu membro, rapaz. Será também ele branco, dessa cor falsa que carregas?" Mas, desta vez, o protagonista foi um dos cantores líricos italianos que frequentavam o Palácio da Ajuda, o qual se juntou à comitiva da família real, numa deslocação a Salvaterra de Magos.

Siríaco lembrava-se de o ter visto nos ensaios da orquestra, ele próprio tocador de harpa, quando avistava os seus olhos fixos nele, por entre as cordas do instrumento, executando a sua parte, com os dedos longos e sensuais, dentes amarelos, sorrindo-lhe na distância. No final da atuação, diante da rainha e do seu séquito, o cantor, que não tirara os olhos dele o tempo todo, dirigiu-se a Siríaco e falou-lhe numa voz delicada e mole, num misto de português, espanhol e italiano, elogiando a sua índole e a voz de rouxinol. E por ali saíram, caminhando pelos jardins do palácio, ele numa vaidade crescente, falando de música, partituras e compositores, Siríaco escutando-o, atentamente, admirado por ser objeto de tamanha atenção. O cantor revelou-lhe a paixão pela austeridade viril de algumas árias italianas, as suspensões abruptas, embora também apreciasse melodias voluptuosas ou apaixonadas, como aquelas que a orquestra da rainha vinha de executar. Algumas, confessou, quase lhe desfaziam a alma e lhe paravam o coração. E mal se encontraram a coberto de umas sebes, longe de quaisquer olhares ou movimento, o italiano parou, colocou-lhe as mãos nos ombros e disse-lhe "*che bello*", beijando-lhe os lábios. De seguida, ajoelhou-se, baixou-lhe as calças e introduziu o membro de Siríaco na boca, com as mãos trêmulas nas suas coxas, mãos delicadas de tocador de carnes e de harpa, não sem antes deixar de apreciar a sua cor e sentir-lhe a textura, numa urgência cândida e suave.

29

Mesmo quando deixou de ser uma novidade, a presença de Siríaco na corte continuou, por qualquer razão, a ser indispensável. Tal como um animal de estimação ou uma peça de faiança antiga de que uma pessoa não se quer livrar e que se continua a estimar, embora tenha perdido o brilho do primeiro olhar.

Certo dia, o índio Marcelino acordou com fortes dores num dente. Na manhã seguinte deixou o Paço de Belém para o ir tratar a Lisboa. Dois meses depois ficou doente com uma moléstia desconhecida e o cirurgião sugeriu que fosse enviado para a casa das Senhoras Teixeiras, onde já tinham estado também alguns dos anões com "bexigas". A um deles, Mateus, tinha-lhe sido também extraído um hematoma no pescoço. Porém, para tristeza de todos, e grande choque de Siríaco, o estado do índio Marcelino de Tapuia complicou-se e ele morreu, como contaram as Senhoras Teixeiras, banhado em suor, no meio de um delírio, cujo significado nenhuma delas conseguiu entender. As palavras na língua de Camões, que tanto se esforçaram por lhe ensinar, não o socorreram nem puderam iluminar-lhe o derradeiro caminho.

A morte de Marcelino de Tapuia, o único dos anões que considerava verdadeiramente seu amigo, pesava-lhe ainda no espírito, muitas décadas depois. Chegava à conclusão de que se tinham olhado mais do que falado. O silêncio conseguia preencher-lhes melhor os vazios urgentes. Com mais reticências do que explicação. Siríaco conservava a imagem exata desse homem novo com cara de velho: os seus cabelos untados e brilhantes, a sua pele cor de terra, a fonte larga e lisa de homem da floresta, sagaz e de pensamento prático. Recordava os seus gestos, sempre claros, sem dissimulações. Não eram exatamente cúmplices, mas o certo é que com um rápido olhar comunicavam entre si. Talvez a única coisa que os separava fosse mesmo aquela prudente frieza que Marcelino nunca abandonou, e que funcionava como arma de defesa. Muito mais eficaz do que as suas penas e marcas de guerra ou o arco de flechas, que só servia para caçar pombas em pinturas a óleo.

Uma estranha enfermidade levou Siríaco à cama, entre os meses de outubro e dezembro. Por causa disso, falhou as festividades natalícias desse ano. Pela primeira vez não integrou o séquito da soberana nas visitas a Sintra, às Caldas ou ao Ramalhão, nem participou nos concertos da orquestra da capela. No ano seguinte, a sua saúde voltou a piorar e ele teve de recolher, novamente, ao leito, de janeiro a junho. A fraqueza que se lhe instalara parecia resistir a todos os fármacos e mezinhas das Senhoras Teixeiras. Estas faziam de tudo para a sua melhoria e restabelecimento, seguindo as orientações do cirurgião. Recorreram ao leite de burra, alimentaram-no a cevadinha de França, farinha de aveia e sopa de frango. No entanto, acamado e fraco, tinha cada vez mais dificuldade em respirar. Pelos finais de junho, as Senhoras Teixeiras receberam uma saca de carvão para ajudar na confecção dos remédios. E foi quando já se preparavam para mandar rezar as cem missas no Convento de Nossa Senhora da Boa Hora pela sua jovem alma que Siríaco foi acordado, a meio da noite, por uma voz misteriosa. Esforçava-se por fixar a claridade incerta da vela de cabeceira, depois de escutar o cirurgião ditar, numa voz grave e resignada, as últimas vontades às Senhoras Teixeiras. Os efeitos do delírio são insondáveis. Talvez tivesse sido uma cara falando-lhe de muito perto, ao ouvido. Foi como uma visão, igual às aparições de um pesadelo: a sensação do seu corpo imóvel, vazio da agilidade singular dos seus quinze anos; lábios tumeficados, corpo semidestruído, que ia perdendo o brilho e a maciez, soltando uma mistura de humores ácidos, de óleos e remédios. Recuara os ombros, colocara as mãos frias em concha, na posição fetal. Uma pose de retrato *ante-mortum*. Um corpo virgem, que nunca iria conhecer as marcas da miséria ou da servidão. A pele, que lhe marcara a existência, era agora um pergaminho amarrotado, incapaz de absorver qualquer fragmento de luz do exterior. Prevendo o que estaria para chegar, fechou a boca, para que a morte não lhe entrasse por ali. Não escutava a sua própria voz havia dias. Talvez ela já lhe tivesse levado as palavras. O silêncio podia dar-lhe ainda mais algumas horas de vida. Mas, deitado de costas, apurando o ouvido o mais que podia, o jovem Siríaco sentiu o coração acelerado e um estranho vazio na cabeça; e escutou qualquer coisa como, "Será justo pereceres deste modo, na luz máxima da tua juventude, Siríaco? Serão aquelas cem missas, já encomendadas para a tua morte precoce, e esse enterro por 22 860 réis, pagos pela corte, tudo a que poderás aspirar? E se eu te confessar que escreverei a tua história, livrando-te desta fatalidade? Escrevê--la-ei na ponta do meu lápis, fazendo-te homem, criando-te um destino, dando-te mulher e filhos, venturosos dias, viagens e encontros inolvidáveis. Morres, sim, mas não morres, em boa verdade. Terás uma vida da minha lavra, Siríaco. Por isso, podem-se apagar as fogueiras, calar os sinos das igrejas e amarrar os chacais e os lobos. Escreverei as tuas páginas e nelas continuarás a respirar, a fazer uso da tua singular razão e lucidez. Saberás que te escrevo e continuarei a escrever os teus dias sob as estrelas, sob o Sol. Esta morte será objeto apenas da tua contemplação, um momento singular de reunião das forças do teu espírito. Que importa esse mundo misterioso a que a morte dá acesso? Dar-te-ei uma imortalidade intocável, inviolável. Seguir-te-ei como um animal, sombra invisível, conduzindo as tuas alegrias infinitas, escrevendo as tuas virtudes, a tua dor de gente, as tuas dedicadas paixões, fazendo de ti um vivente absoluto do ar e da terra".

 Ao acordar no dia seguinte, o jovem Siríaco ficou sem saber se estava vivo ou morto. Tentou decifrar o sentido daquelas palavras. Terá sido Deus a falar-lhe? Aquela escuridão que o envolveu seria uma espécie de banho rejuvenescedor, um lago purificador, de onde brilharia uma luz nova da sua existência? Pensou que poderia ser o espaço que separa a vida de Deus. No entanto, estranhava a clareza com que aquelas palavras lhe haviam chegado ao espírito. Mas também poderiam ter sido anjos enviados para o reconfortar, porta-vozes e portadores de uma luz divina, que o iria guiar no seu caminho já determinado. Foi então dominado por uma tristeza de não poder continuar a ver os animais do Pátio dos Bichos e os seus amigos anões. Não desejou mais nada do que ter um último momento com eles, inclusivamente poder despedir-se dos pássaros e dos peixes, até que esta luz nova se apagasse de vez.

Mas à sua frente surgiram as Senhoras Teixeiras, esfregando as mãos e os olhos de contente, correndo as cortinas das janelas e dando graças aos céus, como se ele estivesse a chegar a casa vivo depois de uma violenta batalha. Elas estavam deveras abismadas, como se ainda pudessem escutar o retinir das armas e o relincho dos cavalos. As mãos tremiam-lhes de emoção. "Ouvi e vi coisas... o que me aconteceu?", perguntou ele, reerguendo o corpo na cama. "Sim, sabemos isso. Mas a pergunta não é essa, e sim *quem* te aconteceu, meu filho. Mas agora é hora para descansar e regressar à vida", disseram-lhe. "Vi o mundo de cima", balbuciou. "Acontece a todos...", responderam-lhe, em uníssono.

Com o passar do tempo, o seu corpo revitalizou-se, como uma planta socorrida por um jardineiro meticuloso. Os braços, as pernas e o peito ganharam a rigidez antiga. No espaço de uma semana, as comidas e o carinho das Senhoras Teixeiras restituíram-lhe a firmeza e o equilíbrio. Os raios de sol, na janela do quarto, tonificaram-lhe os lábios, a face e os olhos; as pernas eram agora mais longas, como se a imobilidade forçada daqueles meses tivesse libertado uma energia inaudita. À sensação de debilidade e placidez seguiu-se uma ânsia de viver, guiada por uma luz totalmente nova e uma leveza especial. O tórax perdeu a flacidez infantil. Estava agora dilatado pelo ar e a firmeza do tecido muscular. O rapaz de jeito infantil, que parecia ir sucumbir à febre maligna, deu lugar a um jovem, cujo rosto parecia esculpido a cinzel. Siríaco não perdera a candura. Continuou, castamente, empenhado em ser fiel à rainha e sua família. Voltou a ocupar o seu lugar no coro da orquestra da capela, com uma renovada graça. Retomava uma paixão que se anunciava duradoura.

Nesse ano morreram os anões D. Jozé e Martinho Tomás, cada um com direito a quarenta missas pelas suas almas. A fortuna começou a mudar para ele e para os serviçais especiais da corte. Os tempos da distribuição de cruzados novos, no dia de São Jerônimo, eram coisa do passado. Tempos depois, a corte decidiu permitir-lhes a ingestão de aguardente com fins medicinais. Ao anão Mateus foi extraído um dente, mas depois foi preso por roubo e ingressou na recém-fundada Casa Pia. No verão, Siríaco cantou, com a orquestra da capela, no Paço de Queluz, durante o casamento do croata António Pusich com a filha de um valido da rainha, nome que ele fixara e que haveria de reencontrar, quase trinta anos depois, na vila da Praia de Santa Maria, quando este foi nomeado governador da Província de Cabo Verde.

30

O GATO BRANCO PULOU E INSTALOU-SE NO SEU COLO. Sempre que dava pela sua falta, Siríaco saía a procurá-lo pelos salões e corredores, pelos jardins, até encontrá-lo no cimo de um móvel, enroscado. Mas alguma coisa lá fora chamou a atenção de Siríaco e ele levantou-se. O gato saltou para o chão, resmungando. De uma das janelas do palácio, viu como se tinha acumulado, junto aos portões, mais um grupo de súditos muito especiais da rainha.

Vinham de todos os cantos da cidade e do reino, aumentando de caudal. Tomavam o seu lugar, aguardando a saída da soberana, pacientemente, ávidos dessa reconhecida generosidade da mãe indulgente dos pobres, desvalidos e dos demais estropiados. Homens, mulheres e crianças sonhavam com aquele esperado momento do arremesso das moedas. Ato de caridade da *Piedosa*, cuja fama atraía vultos armados de muletas, exibindo chagas, úlceras, muitas delas fabricadas com esmerada perfeição. Alguns confiavam ainda na generosidade dos amigos e convidados da família real. Alguma caridade estrangeira de visita, mais sensível e afetada pela dita, em especial daqueles que se revelavam devotos de algum dos santos mais adorados. Coxos, mancos, cegos, ajoelhavam-se à porta. Ao anúncio da passagem da carruagem real, levantavam-se, num ápice, formando uma multidão informe que se deslocava, como um cardume, precipitando-se em direção à rainha.

Tudo se passava em menos de um minuto. Uma exaltação eufórica e febril que normalmente terminava em empurrões, gritos, puxões de cabelos, pisadelas, cuspidelas e arranhaduras na face. Mas tudo terminou na tarde em que regressavam de Salvaterra de Magos, de uma corrida de touros, e se ouviram gritos vindos da carruagem real, "Ai Jesus me acuda!", "O que se passa, Sua Majestade? Sente-se bem?" E o atropelo dos passos por entre gritos e sufocos. Mal chegaram ao Palácio de Queluz teve a soberana de ser levada para os seus aposentos e acalmada, enquanto chamavam o cirurgião da corte. D. Maria revelava um súbito pavor pela figura do Diabo e pelo Inferno, gritando dia e noite, evocando Jesus em seu socorro. Gritava e expulsava também a criadagem. Nos dias que se seguiram, Siríaco adormecia de olhos fixos no reflexo inquietante da luz das velas. Imaginava a alma da rainha, lívida, invadida por espectros e descontrolada.

Os ímpetos e os acessos de loucura intercalavam com momentos de alguma paz. Mas a soberana, caída em desespero, não podia saber exatamente o ponto em que a lucidez dava lugar ao delírio, em que a sua vontade entrava em desacordo com os seus atos e a sua força. O fardo desta melancolia, da demência galopante, tornava-se cada vez mais pesado. D. Maria revelava-se excessivamente fraca para se cuidar sozinha, para sorrir, orar, dirigir-se aos seus súditos. Para uma mulher que nunca experimentara qualquer tipo de privação voluntária, a vida ficou, de repente, cheia de repugnâncias e aborrecimentos. Nada parecia trazer-lhe o reconforto dos anos anteriores. Passou a alimentar-se fora de horas, desenvolvendo uma verdadeira devoção por tudo o que era fruta, que via como um alimento divino, capaz de lhe revelar paladares e sortilégios desconhecidos. A nova devoção alimentar foi seguida de uma aversão terrível por frituras e carnes assadas. A confusão dos cheiros e dos sabores causava-lhe enorme angústia, para desgosto de Domingas e das cozinheiras da corte.

A rainha tinha ainda de lutar contra as suas realidades contraditórias, as dúvidas que a assaltavam, paixões antigas, a fala inconveniente, a linguagem vulgar. O sono, quando a alcançava — deitada ou encostada a uma almofada —, tornava-se uma das raras fontes de felicidade de que ela conseguia desfrutar. Era quando os filhos, os criados, as aias e a camareira-mor gozavam de grande alívio. Todavia, não era sono antecedido da habitual meditação. Era antes uma queda abrupta, precipitada pelo cansaço, a agitação, o abatimento dos braços e da face crispada. O breve repouso era como um mergulho nas águas calmas de um lago, abandonada a essa bem-aventurada inconsciência. Viam-na repousar entre a morte e a ressurreição, sem que ninguém soubesse em qual deles ela iria entrar. Todos esperavam por um milagre que pudesse pôr fim ao esgotamento e às suas crises. Nas basílicas, nos conventos, nas igrejas do reino, rezava-se para que se lhe acalmasse o fulgor no sangue. Escravas negras e forras macumbeiras, do

Bairro Alto e do Mocambo, socorriam-se das suas poções e ingredientes para afastar a moléstia que apoquentava a sua soberana. Como Narcisa, prima da cozinheira Domingas, que apesar de temer a mesa do Santo Ofício, e o desterro que aguardava todos os que se associavam com o Diabo, não se coibia de misturar pedacinhos de hóstia consagrada e ossículos de defunto, alho, chumbo, pedra quadrada, que guardava na sua bolsa de mandinga.

Até que a hora chegou em que todos viram que a *Piedosa* já não poderia dedicar-se, minimamente, aos negócios do Estado. Nem dispensar generosidades. Audiências e despachos deveriam mudar de mãos. O relatório oficial dos seus atos chegava ao fim, depois de muitas decisões importantes — que exigiram coragem e determinação — para a desejada pacificação do reino. O interesse público e a normalidade assim o exigiam. Infelizmente, nem os mais de vinte médicos que a consultaram haveriam de encontrar a cura, o esperado milagre para o seu mal. Agora, a sua paz de espírito dependia, quase sempre, da sorte e de um serão musical ou de uma viagem lírica, por paisagens doces e ardentes. Siríaco acompanhou a submissão da sua rainha às misteriosas forças diabólicas. Era a única medida da sua existência, o desenho da sua própria memória. Quatro quintos da sua vida não tinham conseguido escapar ao contágio destes acontecimentos. E entre estes momentos e ele havia uma dor indefinível, uma paz inalcançável. Ainda hoje sentia que havia um homem novo que continuava a gemer num canto de si próprio. O ser humano não nasce de um único ato. Vai nascendo, várias vezes, ao longo da vida.

31

No dia em que iria acompanhar o príncipe D. João à inauguração da praça de touros do Salitre disseram-lhe que deveria levar uns calções para vestir durante o evento. À chegada do príncipe e do seu séquito, soltaram dois balões enormes, presos por uma corda, um deles em forma de um touro e o outro de um toureiro. De seguida, Siríaco viu quando cavaleiros entraram na arena e degolaram, de um só golpe e a galope, os carneiros que estavam pendurados num fio, para grande aplauso do público. Durante o intervalo do espetáculo vieram buscá-lo e a Benedito e, com a anuência do príncipe, levaram-nos para a área da entrada da arena. Mandaram-nos despir as roupas e ficar apenas em calções. De seguida, sentaram-nos, cada um no seu burro, e colocaram-lhes um tricórnio na cabeça. Alguém deu uma palmada em cada animal e estes entraram timidamente na arena, para grande alegria do povo, que assistia nas bancadas. Quando os burros pararam, um negro intervaleiro correu para eles e deu-lhes mais uma forte palmada nos quadris. Os burros saltaram para a frente e Siríaco e Benedito tiveram de se segurar bem às crinas dos animais para não caírem. O público não parava de rir e de aplaudir. Depois de três voltas à arena, vieram buscá-los, antes da entrada do segundo touro e do anúncio da coragem extraordinária e das artimanhas que um velho negro, chamado Pai Guiné, se preparava para fazer ao enfurecido animal. Siríaco divertiu-se, depois, a ver o africano, com meio corpo de fora de um barril, atiçando o touro, rolando para dentro quando este investia. Depois, quando o animal se distraía com os gritos do público, saía e espetava-lhe, rapidamente, uma farpa, voltando de novo para dentro do barril.

Nessa tarde, no Paço de Belém, Siríaco escutou algumas narrativas indiscretas de amores e paixões. Tinha começado a despertar-lhe a curiosidade pelas mulheres. Interessava-se pelas estórias de amores felizes e traições, de que ia sabendo pelos entremezes do Bairro Alto e na literatura de cordel. Luís Caldas, o poeta e cantor de modinhas e lunduns da corte, sabia compor versos apaixonados que declamava, na sua voz tonitruante, para a família real e os marqueses de Castelo Melhor e de Belas. Estranho como um homem tão pequeno, magro e frágil, podia produzir tamanho encanto. O contraste era ainda maior quando D. Maria se aproximava dele, na sua corpulência de matrona, metida nos seus vestidos volumosos. Siríaco e os anões ouviam-no contar histórias de princesas encerradas em torres de castelos e de cavaleiros corajosos que enfrentavam dragões para as libertar. Apesar de já estar um homem feito, Siríaco continuava ignorante de tudo o que dizia respeito às mulheres. E foi só depois da insistência e do empenho de dois criados da corte que ele aceitou iniciar-se com uma prostituta do Cais do Sodré.

De início, as mulheres com quem Siríaco se deitou ficavam espantadas com a sua aparência diabólica. Mas depois descobriam nele um anjo negro esbranquiçado, educado, com a ternura de um gato, e a quem mal conseguiam escutar as palavras. Viam nele uma figura enigmática, como se tivesse poderes extraordinários. O trabalho de marceneiro permitia-lhe ir fazendo algumas economias. Não demorou muito a que canalizasse uma parte significativa dos seus ganhos para a sua nova descoberta. Revelado o amor da carne, Siríaco acabou por se familiarizar com os perpétuos disfarces deste jogo, com novos protagonistas. Percorriam-lhe o corpo com os dedos, numa prova de confiança, e algumas chegavam a confessar-lhe histórias pessoais, derradeiros segredos. Faziam com que ele se sentisse estranhamente confortável nesta entrega sem luxos nem adornos. Elas reconsideravam a sua figura e o relacionamento entre ambos ganhava uma cor particular, revelando qualquer coisa que escapava à simples satisfação dos corpos. Obtinham uma espécie de alívio da alma, ao contrário da explosão colérica de certos clientes, muitas vezes inflamada pelo álcool. A voz de Siríaco revelava-lhes um sutil e desconhecido rumor interior. Era um encantamento doce e ao mesmo tempo misterioso e levava--as a trocar a habitual tagarelice pela confissão de inquietações pessoais. Resumiam-lhe as suas vidas tristes e misérias particulares, os filhos perdidos, pais monstruosos, problemas financeiros, desejos insondáveis.

Certo dia, Siríaco reparou em Carmelita, uma cara nova que passara a frequentar a Ribeira Nova e o Cais do Sodré. O seu olhar provocou-lhe de imediato um remoto sentimento de pena. Ao princípio, ela teve uma atitude profissional e despojada. Mas ao segundo encontro mostrou uma doçura febril, que dissimulava como um filho ilegítimo. Siríaco passou a levar-lhe pequenos presentes, doces que Domingas confeccionava na corte, ou frasquinhos com restos de perfume que surrupiava pelos toucadores do Real Paço de Belém ou do Palácio de Queluz.

Carmelita contou-lhe a história das mulheres da sua família, escravas, incessantemente preocupadas em alimentar os filhos, cujas origens se perdiam na noite dos tempos, nessa África de terror e ignorância. Ele olhou as suas feições do rosto, nariguda, esbatida, mas que ainda assim a mantinham remotamente atraente. Era uma mestiça, de pele acobreada, filha e neta de esfoladores de cavalos das praias do Tejo. Descendia da linhagem de escravos libertados por D. José, para quem a única saída possível fora aquele círculo restrito das casas de prostituição de Lisboa. A mão do tempo também se lhe havia adiantado, acrescentando-lhe dez, talvez doze anos sobre o rosto. Mas poupara-lhe o sorriso e os dentes alvos, a graça maliciosa que ela exibia, sem pudor, durante as suas conversas. Permitira-lhes aquela espécie de amor ligeiro. Fingiam que se amavam. Na verdade, mais ela do que ele, mesmo que a troco de alguns cruzados novos, e por isso numa relação protegida de qualquer possibilidade de sofrimento. Ele apreciava muito os seus cabelos compridos, encaracolados, e os labirintos crespos e sedosos do seu sexo, que mantinha a flor rosada da raça. Também o fascinavam a impetuosidade e o despudor com que ela falava do prazer físico.

    Siríaco cedo sentiu que a mestiça era diferente. Foi-se dando conta do quanto ela o perturbava, a ponto de desejar, ardentemente, regressar ao seu quarto. Ao mesmo tempo, fantasiava o desinteresse de Carmelita pelos restantes clientes, que também a procuravam. Tentava fazê-lo sem fúria e sem dor, travando ciúmes e dilaceramentos de alma. Esperava apenas que as suas visitas, cada vez mais frequentes, fossem o suficiente para lhe alimentar o sorriso.

Num domingo de verão, na companhia de Luís e Paulo, Siríaco atravessou a cidade para realizar um desejo antigo: participar na festa dos devotos da Nossa Senhora da Atalaia. Depois de ouvirem uma dupla de cegos cantar à viola e a conversa animada dos negociantes ingleses, no Cais do Sodré, juntaram-se a um grupo de curiosos que assistiam à técnica eficiente de um dentista espanhol, que trabalhava em plena rua. De seguida, atravessaram o Rossio e subiram ao encontro da animação que descia, vinda do bairro da Graça. O ruído da algazarra dos tamboreiros ecoava pelas fachadas dos edifícios e espalhava-se em volta, por sobre os telhados. As pessoas iam descendo de várias ruas, em volta, que eram como tributárias desta artéria principal, para onde o povo confluía.

Não demorou a confirmar porque é que esta romaria era a mais falada de todas na cidade. Na frente do cortejo, viu surgir o grupo de músicos negros devotos, ex-escravos, forros e seus descendentes, vestidos de cetim vermelho, em cânticos e danças exóticas. Tocavam pífaros, violas, rabecas e cornetas, logo seguidos pelos berimbaus, cangáz, pandeiros e marimbas.

Siríaco, Luís e Paulo sorriram quando a ruidosa romaria os invadiu e os levou como a onda de uma maré humana. Várias confrarias dos pretos da cidade tinham-se juntado para a procissão. Carregavam círios brancos e foram-se espalhando pelas ruas, logo depois da missa. A dança animava as pessoas que acompanhavam o cortejo. Das janelas, os moradores atiravam moedas aos negros e negras. Estes exageravam ainda mais na sua divertida pantomima, nas fantasias extravagantes, ao recolherem-nas do chão. Siríaco emocionou-se com o momento esperado: a imagem de uma Nossa Senhora da Atalaia, preta, transportada num andor, na frente do cortejo. Os negros recolhiam óbulos das janelas para obras de devoção dos santos padroeiros, dando a beijar, aos vizinhos, pequenas imagens de um menino Jesus, também preto, e da Nossa Senhora, que carregavam dentro de um nicho enfeitado, numa caixa de madeira. Outros exibiam crucifixos e relíquias. A festa e o peditório prolongaram-se pela tarde quente de agosto e o cortejo atravessou a cidade, vindo do Rossio, e seguiu pela Rua do Ouro, em direção ao Terreiro do Paço.

 E foi só quando os irmãos devotos iniciavam a travessia do Tejo a bordo de centenas de embarcações que Siríaco descobriu Carmelita, por entre a multidão. Estava na companhia de um homem mais velho, de bochechas rosadas. Pareceu-lhe estranhamente feliz. Segurava uma sombrinha amarela e tinha uma flor no cabelo, ondulado, brilhante e macio, talvez demasiado encharcado em azeite ou banha de cheiro. Carmelita emanava uma paz e uma tranquilidade que ele nunca vira. Por instantes, esqueceu tudo em volta e ficou a observá-la no seu vestido de cambraia, novo, fluido e num tom pastel, ao contrário das vestes gastas e encardidas que ele lhe conhecia. Calçava botins brancos, altos, com adornos de pérolas de imitação. Ninguém diria que era a mesma pessoa. Sentiu uma leve pontada de ciúme no peito e um arrepio nas veias. Ela e o seu misterioso acompanhante divertiam-se a observar o espetáculo do embarque dos fiéis nos catraios engalanados. Ele era um homem de meia-idade, que ainda usava peruca e vestia casaca. Alguém com algumas posses. Depois do último barco se fazer ao rio, carregado de devotos, o par entrou numa carruagem e desapareceu por entre a multidão.

No dia seguinte, Siríaco caminhou à beira do Tejo sob um sol inclemente. Comprou meia dúzia de maçãs vermelhas numa das fruteiras da Ribeira Nova. Brincou um pouco com um papagaio, "Papagaio real, quem passa? É el-rei que vai à caça...", e também instruído em todas as obscenidades do cais; atirou uma maçã a um macaquinho da Amazônia que saltitava num poste, preso por uma coleira, e dirigiu-se ao Cais do Sodré. Quando Carmelita o viu chegar, os seus olhos disseram-lhe que alguma coisa havia mudado nele. Subiram para o quarto. E ela aceitou, resignada, o que quer que estivesse para vir, sem que isso a impedisse de sentir alguma pena por ele. No final, quando ele descia as escadas rapidamente, e ela limpava o sangue do nariz e dos lábios, soube que nunca mais o voltaria a ver.

Siríaco viu Bartolomeu pela primeira vez quando este se deslocou com o advogado Ricardo Fontoura ao Real Paço de Belém para um sarau de música e poesia. O advogado, amigo de Luís Caldas, havia resgatado Bartolomeu dois anos antes, num processo judicial movido por uma das irmandades negras contra o capitão de um barco brasileiro, no qual o rapaz era mantido como escravo. A lei de 1761 obrigava à libertação de todos os que chegassem a Lisboa nessa condição. Ricardo Fontoura era um conhecido abolicionista, natural de Goa, filho de um abastado comerciante com ligações antigas à corte, que também amava a música e a poesia. Depois de liberto, o jovem Bartolomeu passara a viver num quarto dos fundos da casa do advogado. Ricardo Fontoura fez dele o moço de recados do seu escritório. Contratou um mestre-escola de História, Geografia e Francês, e ainda um professor de aulas de piano, no Bairro Alto. No final do sarau, Fontoura quis conhecer Siríaco, de que Luís Caldas tanto lhe falara. Este acompanhou os três num passeio pelo Pátio dos Bichos. Siríaco aproveitou para lhes mostrar as feras e outros animais selvagens e contar a história daquele jardim. Era a primeira vez que viam animais exóticos e ele notou como Bartolomeu ficou muito impressionado. Havia qualquer coisa no rapaz que o atraía, uma doçura rara e encantatória. Era como se continuasse carente de afeto, despojado de amor, ainda à espera de ser resgatado das mãos do capitão escravagista.

Certo dia, Caldas transmitiu-lhe um convite do advogado para um sarau na sua casa de campo, em Marvila. Siríaco ficou feliz com a ideia de voltar a ver Bartolomeu. A casa de Ricardo Fontoura era bastante agradável, com os seus jardins bem cuidados. Os ciprestes e os pinheiros jovens estavam alinhados, como uma guarda de honra. Bartolomeu sorriu-lhe quando apertaram as mãos. Pareceu-lhe extremamente belo e perdido. Tateante. Nos dois espelhos grandes do salão, um em cada parede, viu as suas figuras e a dos convidados multiplicadas numa sucessão de formas. Na parede havia quadros com pinturas orientais, representando cenas campestres: um rio, uma cascata, andorinhas cruzando o céu, montanhas de vertentes arborizadas e meia dúzia de figuras femininas, de sombrinha na mão. Ouviu um ruído e da janela viu quando duas carruagens atravessaram a imponência sombria do portão da quinta e cruzaram o nevoeiro. Os cavalos estacaram a passada, obedecendo aos cocheiros. Seguiram-se as vozes dos passageiros que desciam, alegres, sendo recebidos pelo anfitrião. Alguns rapazes jovens acompanhavam os convidados. Da sacada envidraçada do salão podia ver-se ainda, ao longe, o cinzento-azulado das águas do Tejo, refletido na claridade lunar.

Logo que os músicos deram início ao seu repertório, com um lundum, os convidados pousaram as taças de vinho e dirigiram-se para o meio do salão. Tinham pó de arroz na face, os olhos e os lábios pintados e moviam o corpo em maneirismos suaves, de mãos dadas, dançando uns com os outros, rindo, ao som de violas e violinos. Ricardo Fontoura também estava maquilhado e usava roupa de mulher. O advogado era conhecido pela sua irreverência, sentido de justiça, elegância, mas também por ser espirituoso nas suas tiradas. A certa altura, disse que a sua vida sem Bartolomeu era inimaginável. Disse-o num tom de adoração extática, contagiante, passando-lhe a mão pela linha do queixo, para encanto dos que o escutavam. Depois do jantar e da declamação de poemas, Ricardo Fontoura chamou Siríaco à parte e mandou-o despir a roupa e vestir um quimono japonês azul-celeste, com desenhos de borboletas cor de cereja, sem mais nada por baixo. De seguida, após um anúncio espetacular, fê-lo entrar no salão. E num gesto rápido e delicado, desapertou uma fita na cintura e o quimono deslizou, suavemente, pela pele nacarada de Siríaco, indo cair a seus pés, para gáudio dos presentes. Todos gritavam, em uníssono, *tigre! tigre!*... e queriam vê-lo de mais perto. Siríaco fez-lhes a vontade, circulou pelo salão, deixando-se tocar e acariciar.

A meio da noite, quando os convidados já se retiravam, ficou sentado ao lado de Bartolomeu, num canapé. De repente e sem pensar, colocou a mão sobre a sua perna. Sentiu-o estremecer. Sentiu-lhe os músculos rijos. Bartolomeu tentou disfarçar, sorrindo para o vazio.

Semanas depois, aproveitaram a ausência de Ricardo Fontoura, que viajara para o Porto, e passearam pelas ruas de Lisboa. Siríaco achou-o muito atencioso e prestável. Dava por si de quando em quando a procurar laboriosamente um tema de conversa. Viu-lhe nos olhos negros um brilho quase imperceptível. Queria agradar-lhe, dizer-lhe coisas simpáticas. Sabia que as palavras e as frases exatas só lhe viriam à mente quando já não estivessem juntos. Enquanto o advogado esteve no Porto, encontraram-se quase todos os dias, para nadar no Tejo, passear pelas ruas da cidade ou ainda rever os animais no Pátio dos Bichos. Siríaco e Bartolomeu, qual deles o mais tímido. Baralhavam-se ambos, com uma invulgar dificuldade em pôr em palavras tudo o que lhes passava pela cabeça. Para Siríaco, chegava a ser aflitivo, como quem busca desesperadamente o pé na margem de um rio. Por vezes, ao deitar, sentia subir-lhe uma sensação estranha, um mal-estar, que o fazia detestar aquela afeição nova que passara a sentir por Bartolomeu. Incomodava-o aquela ênfase sentimental irresistível que lhe guiava os gestos e o olhar. De imediato tentava sufocá-la e reprimi-la. Dava voltas na cama, desgostoso e envergonhado. Procurava lavar a alma das marcas daquele pecado grosseiro. Mas, passado um instante, a chama desta emoção tornava a engoli-lo e lamentava com desespero não o poder abraçar naquele instante. Cada um dos seus nervos saudava a vitória daquela vontade reprimida. Punha-se, então, a imaginar as coisas que desejaria fazer com ele, os locais onde gostaria de o levar. Porém, três meses depois, Bartolomeu adoeceu e morreu de varíola.

34

Charles observava os homens que compunham a tripulação da fragata inglesa. Identificava admiráveis boas vontades, mas também ladrões e mentirosos dissimulados ou jovens estritamente integrados nas suas funções e na missão, como o voluntário Musters. Alguns tinham caído doentes pelo frio ou pelos ventos marítimos cruzados, logo após deixarem Devonport. Outros, dilacerados pela tosse, gemiam com febre, aguardando por climas mais amenos. Mas o fato é que encontrava em poucos a firme determinação de ser útil ou de que havia um fim a cumprir. As guerras com os Estados Unidos e a França haviam terminado há muito e os inimigos da velha Albion eram agora outros e estavam muito longe dali. A grande empresa passara a ser geográfica e científica. E antes do regresso a casa, muito haveria para ver, recolher e registar, tal como ele vinha fazendo no ilhéu. Impunha-se rigoroso nas suas pesquisas naquela espécie de ilha-laboratório a céu aberto. Assim como nas anotações, nos apontamentos e nas cartas que seriam expeditas para casa, na primeira oportunidade.

Não se pode dizer que houvesse altos e baixos nas suas expectativas, muito menos medo ou impaciência. Charles confiava na sua solicitude e no seu instinto de jovem cientista que pensava com o coração mas que agia guiado pela luz da curiosidade. Sobrava-lhe agora tempo para se interessar por si próprio e pelo trabalho diário, pelas suas ideias. Por vezes, era como se se apagasse diante de uma descoberta magnífica e gratificante ou a confirmação de alguma lei natural. Admirava-se com o trabalho conseguido em tão pouco tempo, guiado apenas pelos parcos conhecimentos de geologia e botânica. A intuição era o seu melhor aliado. A sua natureza parcimoniosa colocara-o no bom caminho. Mas nos anos que antecederam a viagem dera provas de alguma indefinição quanto ao seu futuro. Chegou mesmo a desconfiar de que o pai, Robert Darwin, o considerava um tanto ou quanto frívolo. Talvez tivesse pensado como o seu futuro corria sérios riscos de ficar abaixo das suas expectativas. Charles tinha agora mais vagar para mergulhar nas suas ideias, enfrentar dilemas pessoais e familiares, ao mesmo tempo que celebrava as ciências naturais, a geologia, a vida, a coberto de uma graça pensativa.

POR ENTRE AS ÁRVORES DO BOSQUE DA VÁRZEA, homens e mulheres não fazem mistério das suas intenções e vontades. A tripulação do *Beagle* observa, com estranheza e repúdio, estes atos e gestos de natureza sexual. Corpos assimilados, alimentados precariamente, um tanto ou quanto debilitados pelas misérias quotidianas. Gente nutrida nestas comidas confeccionadas numa rusticidade de molhos espessos e oleosos, ervas e especiarias da terra, que se misturam na profusão banal e rotineira de hábitos obscenos. Assim pensa também Charles. A tripulação do *Beagle* não entende a naturalidade com que a população se compraz e mata os seus desejos.

Charles deixa-se impressionar mais pela profusão colorida de frutos tropicais: mangas, papaias, maracujás, tamarindos, pinhas. Descobre as delícias do peixe grelhado à beira-mar e da carne limpa de uma galinha-da-guiné. Tudo com a dosagem certa de ervas e sementes, acompanhado por maçarocas de milho assadas ou papas deste grão, amarelas. O café revelou-se de excelente qualidade, bebido pela manhã, em pleno sol, ou ao início da noite, quando o estado de fadiga convida ao descanso. Saboreia, também, o rum local que os homens da tripulação tanto apreciam, e que ele prefere ao vinho tinto velho e rascão das pipas, importado da metrópole. As iguarias variam consoante as latitudes, é sabido, mas o estômago e o paladar põem-se quase sempre de acordo nesta combinação vital, embora tal não signifique que se possa dar-se a demasiadas aventuras. A substância humana tem o seu limite, assim como a voluptuosidade do amor. Observa como alguns homens e mulheres se banham, ao longe, nos locais mais afastados das praias, a coberto dos rochedos da costa, cuidando da higiene íntima. Abandonam-se a este rito lento e sensual.

Charles sente como estas pessoas lhe dão mais do que aquilo que eventualmente recebem dele, de um inglês de passagem, pouco mais do que uma excêntrica curiosidade. O desejo de continuar a explorar a geologia da ilha concilia-o com os hábitos dos seus habitantes, naqueles negócios humanos e rituais de natureza selvagem e agreste de Santiago, que se lhe impõem. Não há nada de sedutor nas suas pretensões, apenas descobertas e o desejo da saciedade do conhecimento. Sente-se detentor de um aval que lhe permite misturar-se com a população e encontrar beleza lá onde ela pode existir. Mas tal não chega para compreender esta forma mecânica do amor e do prazer, que estará para lá de um entendimento civilizado. O seu espírito de inglês apela para um rigor ascético nas suas ideias e relações humanas. É então que, como que saindo de uma nuvem, a bela e angelical Fanny Owen se instala no seu pensamento.

35

Charles recorda os passeios de verão na companhia de Fanny, pela Floresta — como ela costumava chamar ao seu jardim preferido. Será que ele tem a noção do que significa, para ambos, esta viagem tão longa e para locais tão remotos? Certa noite, ela chamara-o para ver uma constelação e falara-lhe de estrelas e de planetas. Por estes dias tropicais e de intensa luminosidade, assalta-o com frequência a sua imagem, sorridente, trocista, sonhadora. Por vezes, de longe em longe, põe de parte a geologia e recupera a sua face, o jeito, as suas afirmações e tudo o que iluminava aquela amizade temperada com amor. Evoca frases, ideias, sorrisos, olhares arrebatadores, sinais que levam a uma existência com sentido. Como a do pai e a da falecida mãe, a dos tios e, muito provavelmente, a do irmão e a das irmãs. Mas nem todas as vidas conseguem organizar-se como num poema. Há que lidar com as hesitações, as ambições pessoais, as impaciências.

Dali perto chega-lhe o lamento cavo das ondas contra os rochedos do ilhéu. Meu deus, como aprecia aquele espírito jovem, belo e sonhador. A liberdade de estar e de pensar, a brandura voluptuosa dos gestos de Fanny, a jovialidade e a frescura das suas cartas. Talvez não passe tudo de uma reação inconsciente, o medo de que a figura da amiga se lhe possa escapar, lentamente, pelos labirintos da memória. Ou de que ele próprio se possa diluir nas aspirações daquele coração irrequieto, nas renovações a que estava sujeito. Charles conserva a pulseira que Fanny lhe enviou, como recordação, pouco antes de viajar, como quem guarda um tesouro precioso. O seu olhar é agora mais atento e apurado sobre as experiências sensuais passadas. Compreende melhor o que em Fanny eram reflexos de uma normal rapariga da classe média, da sua forma de estar, seus modos, receios e as insuficiências de quem, não sendo uma intelectual, possuía um olhar esclarecido sobre diversas matérias e se interessava pelas mesmas coisas que ele.

Catherine e Caroline agiam como madrinhas desta amizade cheia de intencionalidade. Cavalgavam pelos prados em volta de The Mount, passando em revista assuntos da atualidade do condado de Shropshire, entre os humorísticos e os mais sérios. A visão de uma mesa de bilhar, no salão da casa do cônsul anglo-americano, na vila da Praia, reavivara-lhe a memória da decisão de Fanny de aprender o jogo das tacadas, como qualquer homem. Após as primeiras lições, pela mão do amigo, ela confessara o quão difícil era continuar a praticar este desporto, já que ninguém se disponibilizava para tal. Também não voltara a cavalgar, escrevera-lhe, nessa primavera de 1828, ou pelo menos não tanto quanto gostaria. Mesmo concentrada nos seus momentos de pintura, a pedido do pai, Fanny continuava a pensar nele. Cavalgarem juntos era o equivalente a um abraço sentido e apertado. Fanny levava uma vida tranquila, como fazia questão de lhe explicar, desculpando-se, em cada uma das cartas, por poder estar a ser chata, receando que Charles visse nela uma criatura frívola que se justificava frequentemente da falta de tempo para responder às suas missivas. Estas continham relatos de bailes, jantares, festas, casamentos, atitudes dos convidados, coscuvilhices várias, passeios que Charles falhara, por alguma razão. Tudo contado ao pormenor, na pena humorada e espirituosa de Fanny. No sossego da sua cabina, Charles releu as cartas, sorrindo, ao relembrar episódios já esquecidos, mas que renovavam a sua admiração pela amiga. Gostava da franqueza e abertura com que ela manifestava os estados de alma e as emoções. Sorriu perante a evocação do besouro *mortuororum scrofulum*, e a sua insistência, certa vez, para que ele deixasse Cambridge e viesse passar o Natal a casa. Nas cartas, Charles podia ver o quanto Fanny lhe era dedicada, mesmo que a palavra amor nunca tenha aflorado os seus lábios ou a ponta da sua pena.

 Ela tentara despedir-se dele, um último encontro antes de ele partir, passeando um pouco pelos mesmos locais de sempre, cavalgando pelos prados, antes daquela longa viagem. Mas Charles não encontrou a coragem para enfrentar um *last adieu* dramático, pleno de dúvidas e remorsos. Coube a Caroline a tarefa de informar Fanny da sua decisão. Só podia imaginar o desalento espelhado no rosto da amiga. Ela expressara-lhe, sem hesitações, como teria dado tudo para o ver antes da sua partida, antecipando já a melancolia que aí vinha. Dois anos era muito tempo, mas Charles detestava despedidas. Fanny sabia também refugiar-se nos mexericos, procurando preencher o resto da carta com episódios banais, num gesto de autodefesa, que acabava por diluir a dor e a frustração. Prometera estar a seu lado, mesmo na distância, participar na sua vida, ainda que fosse através de cartas, saber tudo sobre os seus planos e perspectivas, os locais que ele visitaria, as coisas que iria encontrar, deixando antever que poderia haver ainda um reencontro feliz. Sentia já a sua falta, na Floresta, confessou-lhe, antes mesmo de ele partir, e rogava para que ele voltasse logo, depois de todas as aventuras, todos os escaravelhos, besouros e borboletas; depois de todas as plantas e minerais, que pudesse encontrar pelas *Ilhas Selvagens*. "Fui trocada pelos bichos", gracejara. Não haveria mais passeios nem tiro aos pombos e a outros pássaros, pelo menos até ao seu regresso. Não havia como incomodar esses bandos esvoaçando livremente nos céus de Shropshire. Os invertebrados das margens do Severn poderiam estar tranquilos.

Charles preocupava-se com como iriam ambos sair daquela viagem. A esperança também consiste em abandonar-se, conscientemente, aos ditames do acaso, a esse tempo que ajusta as relações humanas, essa série indefinida de circunstâncias. Tal como acontece com a alietoriedade das formações rochosas, para se compreenderem cumes e vulcões, lavas subterrâneas, sedimentos calcários, formas e cores.

Charles acaba de revelar partes do seu passado e da sua vida íntima a um estranho. Mas este é um homem diferente. Estimulou nele uma confiança inaudita, levando-o mesmo a suspender a sua rigorosa probidade. A sua vida tem contornos bem mais simples do que a do negro Siríaco. Os dois estão nos antípodas. Qualquer ação de Siríaco assemelha-se-lhe, como um molde. Estão-lhe inscritas no rosto, no corpo, nos gestos, nos seus olhos cavos. No seu caso, as lembranças de Fanny são o mais precioso desenho da sua memória, única medida da sua experiência passional. Charles recorda a velha obsessão da amiga pelo secretismo dos atos, registada na forma como termina as suas cartas: "Por favor, queima-a depois de a leres". De Siríaco, sabe que pode contar com a mesma atenção, descrição e paciência que ele encontrou no taxidermista de Edimburgo de rosto alongado e melancólico nos seus tempos de estudante.

Aurélia nunca quis conhecer os mistérios da vida dele. Nunca lhe despertaram qualquer curiosidade, para além da óbvia mancha. Contentou-se com o pouco que Siríaco lhe foi contando. Talvez tivesse pensado que o espírito do casamento exigia alguma contenção. E, conhecendo o temperamento do marido, ela não esperaria mais do que as habituais respostas antecipadamente calculadas. Mas o marido não conseguiu evitar falar sobre aquela noite inesquecível, quando, moribundo na cama das Senhoras Teixeiras, pensou ter visto o seu futuro passar-lhe diante dos olhos — tão claro como as nuvens no céu azul ou a espuma do mar; o som da voz misteriosa. Uma só noite. Porém, foi esquecendo esse sonho, ao longo da vida. Contou-lhe também como, por vezes, inesperadamente, conseguia ter algum vislumbre, farrapos soltos, uma miragem desfocada desse estranho sonho, cujos contornos se encaixavam perfeitamente em acontecimentos, lugares, nomes de pessoas, que foi ele conhecendo. Aurélia olhou-o no fundo dos olhos, por um instante. Afastou a roupa que remendava sobre a mesa: "Não és adivinho, nem tigre, nem bruxo! És o pai dos meus filhos, um homem igual a qualquer outro!" Foi então que ele teve a certeza de que nunca mais poderia repetir tal coisa sem que ela pegasse nos filhos e se fosse embora.

Ela fora sempre uma criatura humana despojada, que mergulhou nos braços da solidão logo depois da morte de Pascoal. Siríaco conseguiu resgatá-la daquelas noites febris de dor e culpa. Nesse dia, quando regressou a casa, ela estava sozinha, longe de tudo e de todos. Tinha a face despida de toda a vida possível. Depois de a consumir, o pranto dera lugar à indiferença. Os oito dias que o menino agonizou foram atrozes, arruinando-lhe o espírito. Siríaco descobriu-se também mais débil e vulnerável do que alguma vez imaginou. Não houve conhecimentos de medicina, nem cirurgiões ou boticários capazes de salvar o menino. Talvez fosse o preço exigido pela voz que lhe havia permitido abandonar tudo e abraçar uma vida em família, numa ilha remota, quando estava fadado para morrer naquela cama. Habituara-se às palavras de Aurélia: ponderadas, claras e sábias.

Era generosa e prudentemente desconfiada, o que funcionava muito bem como arma de defesa. Mostrava-se disposta a aceitar tudo, mesmo os seus inevitáveis erros, entregando-se-lhe de forma absoluta. Há mulheres que parecem existir só para ajudar um homem a construir a sua vida. A morte do pequeno Pascoal trouxera-lhe um forte sentimento de culpa. A primeira decisão de Siríaco fora protegê-la, numa terna dedicação. Tudo fazia para segurar essa casa sua, abalada pelo luto.

GUARDOU UM QUADRO DE LEMBRANÇAS da mulher e do filho, já desaparecidos, uma vida construída naquela ilha árida e montanhosa, numa vila que ele amava e gostava de observar e que cabe num velho planalto, dominando sobre o mar, com as casas vagamente alinhadas, os telhados de telha francesa ou palha, iluminadas pela luz resplandecente das manhãs tranquilas. Ruas, praças e becos irregulares e ensoalheirados, atravessados por pessoas, veículos e animais, sem grande possibilidade de expansão. Vila sobre a baía, organizando-se numa rotina contida e previsível, procurando realizar a ordem mínima das coisas, de poucas virtudes, mas ainda assim suficiente para ser a capital da província. Vila inflexível, pouco ousada, como de resto os seus habitantes, mas fazendo parte da ordem do mundo, harmonizada com o seu tempo; circunspecta, de fisionomia humilde, sem reis, rainhas ou nobreza importante.

37

Pereira, o boticário da vila, recebe-os à porta da casa. O português é um homem de sessenta anos, de olhos raiados e barba à espanhola, que está na província vai fazer quinze anos. Tem no seu gabinete gavetas repletas de conchas, pedras, flores secas, e um armário com esqueletos de peixes, crânios de gatos, cabras, ossadas de vacas, fêmures de burros e chifres de bois. Pereira apresenta a Charles, Siríaco e Marcelino o resultado da sua mais recente paixão: a taxidermia. Mostra-lhes as aves e os gatos empalhados, e passam ao herbário, no quintal, onde cultiva as ervas e as plantas medicinais. Também cultiva rosas e outras flores, na outra parte do quintal, cuja vista dá para o vale da Várzea.

O pai fora durante muitos anos boticário, em Coimbra, conta-lhes, quando a empregada traz uma bandeja com café e biscoitos. Coube-lhe ser o único dos três filhos a seguir as suas pisadas. "Na verdade, o que eu sou mesmo é um cirurgião frustrado." Mas não foi por não ter cursado Medicina que Pereira não possui bons conhecimentos, sobretudo de anatomia, como lhes dá conta. Do cimo de um armário, guardado numa caixa de madeira, retira um livro grosso e pesado, uma reprodução de *De Humanis Corpori Fabrica*, o livro dos livros de Medicina, publicado em 1543. "Revolucionou o entendimento e a sua prática contrariando muitas das noções de médicos gregos e romanos. Está cá tudo descrito", diz-lhes. Ao contrário de Charles, que não se deixou impressionar quando o viu em Edimburgo, no seu primeiro ano do curso de Medicina, Pereira ficara fascinado quando, muito jovem ainda, foi com o pai à faculdade de Medicina da sua cidade para ver uma das cópias do livro do flamengo Andreas Vesalius, em exposição. "Vejam a qualidade e os pormenores dos desenhos", diz, apontando para as páginas. "Os originais são da autoria de um discípulo de Ticiano. E que dizer destes textos de Vesalius, de uma clareza brilhante, maravilhosa. O belga sabia o que fazia. Depois de descobrir que o grego Galeno adquirira todo o conhecimento que possuía dissecando macacos, cães, porcos e outros animais, Vesalius não perdeu tempo e aos vinte e oito anos tinha a sua obra-prima de anatomia humana pronta, como estão a ver. Sabia que ele era anão?", perguntou ele a Charles.

A vontade de conhecer mais mundo trouxera Pereira a Cabo Verde. Mas um pouco ao engano. "Imaginem, coisas da vida, nunca pensei que as ilhas de verde tivessem tão pouco, e fossem tão áridas durante grande parte do ano." Pereira não é um homem muito velho, apesar de já caminhar um pouco curvado para a frente. Mete a mão ao bolso do casaco e tira de lá um ramo de alecrim seco, que dá a cheirar a Charles. Confessa a honra que é receber o jovem naturalista em sua casa, depois de escutar os nomes dos prestigiados professores ingleses e escoceses com quem este estudou e se relaciona. Amizades de alto nível, conclui o boticário, para de imediato se colocar à disposição do jovem inglês e acompanhá-lo nas suas pesquisas e passeios. "Há dias muito bonitos nesta ilha, apesar de tudo. Poucas coisas me dão mais prazer do que sentar-me no meu quintal a ver as tonalidades que o sol derrama sobre os montes em volta da vila." Socorre-se novamente dos óculos equilibrados sobre o nariz para lhe mostrar outro livro, desta vez de gravuras de plantas e animais exóticos que trouxe de Lisboa, e que ele gosta de reproduzir, sempre que regressa da missa, aos domingos. Um pouco emocionado, Charles recorda as plantas e as flores que colheu na infância, nas margens do rio Severn, nos passeios acompanhado pelo irmão Eras. Tinham-se maravilhado ao descobrirem as diversas espécies de peixes que assomavam à superfície para comerem as pequenas bagas que o vento arrastava da charneca.

No dia seguinte, caminham pela costa sul do ilhéu, onde a rebentação abriu cavidades durante milhões de anos. O naturalista e o boticário discutem a riqueza animal, a diversidade das espécies que se revelam nas poças que ficam quando a maré recua. Um ciclo que se repete diariamente e que é extensível, nos seus efeitos, à própria configuração da pequena ilha, fustigada ao longo do tempo. Atravessam a baía num bote e sobem a vertente de um monte, empurrados pelo vento que se levanta e transporta nuvens de poeira em direção ao mar. Aqui ficam por algum tempo, após o voluntário Musters se lhes juntar. Charles faz anotações no seu caderno. Quando a tarde chega ao fim, sentam-se num promontório e observam o sol derramando a sua cor laranja por entre as nuvens e o mar sereno. As imagens e a luz furtam-se aos seus olhos. O silêncio instala-se com a súbita ausência do vento. Musters escuta do boticário uma explicação sobre as características das espécies de pássaros locais que trouxe nas duas gaiolas de madeira, até que o ocaso os engole num manto de sombras e mistério.

38

É O ÍNDIO MARCELINO DE TAPUIA que o velho parece ver por vezes no rosto de El'leparu. A fisionomia vincada da raça rebelde, dos campos e glaciares do fim do mundo. O índio fueguino é um homem ainda novo que chegou da Europa com mais dúvidas do que certezas. Alguém sem ilusões. Mostra-se apenas mais tolerante para com os costumes, as invenções e as crenças destes homens brancos. É difícil fazer um homem que já foi livre enganar-se a si mesmo. Nesta idade, só pode ser um guerreiro de muitas caçadas e lutas de morte com adversários dignos de memória. Quantos combates sangrentos conheceu a ponta da sua lança? Que gestos de coragem ou pura selvageria protagonizou o jovem cavalheiro, vestido à europeia? Era um justo representante da tribo Alakalufe que as regras da civilização não conseguiam esconder. O olhar emana coragem e sagacidade. Um rasto de triunfo e liberdade pelas florestas do sul. Laborioso e exímio caçador, habituado ao resfolegar súbito de um veado por entre a folhagem ou a trespassar peixes nas águas do estreito. Agora, era ele o capturado. A renúncia temporária, imposta aos seus costumes, não era sacrifício custoso, enquanto fosse válida essa promessa do regresso à terra natal. Siríaco observa o fascínio do filho Marcelino por estes três indivíduos, tão diferentes nos seus modos, mas capazes de partilhar segredos de latitudes remotas. Realidades contraditórias que não resistem ao milagre da curiosidade e da comunicação, como a corda de um instrumento antigo capaz de vibrar sentimentos universais. Siríaco vê no índio fueguino uma espécie de energia inaproveitada. Sonhos por realizar, bruscamente reprimidos, apesar de o missionário Richard Metthews e os outros verem nele e nos seus compatriotas austrais pessoas vazias, com existências sem passado. Os quatro jovens conversam num instante de revelação que desfaz as suas diferenças. Musters tinha-se juntado a Marcelino, a Yok'cushly e a O'rudel'lico. Falam de peixes e de outras criaturas marinhas, instigados pela curiosidade do jovem voluntário. Os fueguinos riem, enquanto o jovem inglês lhes tenta explicar a estrutura das conchas, numa conversação rápida e rica de pormenores. Há deslumbramento nos olhares, uma inocência própria da juventude. Marcelino e Musters tornam-se amigos, encontrando-se no ilhéu de Santa Maria, e acompanhando Mister Charles nas suas pesquisas. Partilham o mesmo entusiasmo pela natureza e a vida animal. Siríaco identifica no entusiasmo do filho a sua amizade pelo índio da corte, na sua juventude. Intriga-o o perfil do jovem inglês, ponderado, maduro em corpo ainda de criança. A sua curta experiência de vida contrasta com a segurança e a determinação, a sede permanente de conhecimento, tudo misturado com a graça adolescente.

39

Dez anos antes, Siríaco e Aurélia tinham chegado à Ribeira dos Engenhos, no interior profundo da ilha, após longas horas de viagem. Era a segunda vez que Siríaco visitava a família dela desde que ali estivera para a oficialização do noivado e o casamento. Conhecera bem aquelas terras férteis, irrigadas pelas ribeiras que desciam do Pico de Antónia, durante a época das chuvas. Na altura pensou que aqueles passeios pela região eram o que de mais próximo tinha visto e vivido das terras em volta do engenho de Princeza da Mata, no Brasil. Mas a terra aqui era despida de arvoredo, carente de águas grande parte do ano. Pouco mudara naqueles catorze anos. Os mais velhos tinham morrido. Os jovens de então eram agora adultos que mondavam as terras que os seus pais e avós haviam trabalhado. E eram as terras que traziam Siríaco e Aurélia de volta ao vale fértil.

Domingos Ramos, o homem mais poderoso da região, ameaçava expulsar os rendeiros que não lhe pagassem o valor das rendas que vinha exigindo. O morgado mandara desfazer a casa de um dos rendeiros, obrigando a família a refugiar-se junto de familiares. Entre os próximos visados estavam João, o sogro de Siríaco, e o seu irmão Teodoro, tio de Aurélia.

A segunda viagem de Siríaco pelas terras agrestes de Santiago trouxera-lhe uma ideia nova da ilha e dos seus habitantes. Os padecimentos estavam longe das enfermarias e das boticas. Novos e velhos podiam morrer a qualquer momento, sem qualquer assistência. Apesar do isolamento, alguns podiam ter uma inteligência penetrante, como Celestino, um dos sobrinhos de Aurélia. Na época não devia ter mais de onze anos e aprendera a ler muito cedo com o pároco, nas poucas vezes que este ali se deslocava para batizados e celebração de missas. Ajudava os que não sabiam ler — quase toda a população local — a decifrar éditos e tudo o que fosse impresso ou alguma carta que ali fosse parar. Também escrevia missivas necessárias com uma pena de pato que o pároco lhe oferecera: anúncios de morte, casamento, simples notícias sobre águas e colheitas, para familiares noutras partes da ilha. Uma dessas cartas chegou às mãos de Aurélia, na vila da Praia. O portador era um comerciante da freguesia de Santa Catarina, que acabou por lhes dar mais pormenores sobre o que estava a acontecer na Ribeira dos Engenhos.

Siríaco e Aurélia encontraram o pai, a família e os habitantes num autêntico alvoroço. A mãe de Aurélia, Nha Martina, preparou-lhes uma refeição quente com uma cordialidade apreensiva. Nho Teodoro, o tio, era um homem enérgico, com uma calvície pronunciada e rugas que só acentuavam as preocupações. Tinha uma tensão de animal acossado. Do lado de fora da janela, no curral, estavam galinhas, patos e duas cabras escanzeladas. A cancela estava aberta, mas as alimárias, um burro e uma mula, não mostravam qualquer vontade de sair. Desde que se sentara à mesa Siríaco perguntava qual das cabras seria o cabritinho por que ele se afeiçoara por altura do seu casamento. Mas depois deu-se conta dos anos que haviam passado e de como o animal já deveria ter sido comido há muito.

O pai de Aurélia tinha um olhar grave, mas sereno. Falou pouco e pausadamente, com os olhos fixos numa imagem de Cristo e os Apóstolos, pendurada na parede. À medida que os dias foram passando, a situação tornou-se mais tensa. A violência pairava no ar. Havia quem se lhe dirigisse, como se o seu aspecto pudesse conter algum poder mágico, alguma solução ou influência no decurso dos acontecimentos. Siríaco entendeu que não devia ter uma ação direta no assunto. Aqueles acontecimentos recentes estavam a afetar a vida daquelas pessoas. Mas ele sabia que só elas poderiam encontrar a solução para o problema. Lembrava-se de ter assistido a uma marcha que trouxera mais de três mil pessoas à vila da Praia para reclamar contra a criação de um imposto, tendo sido recebidas a tiro de espingarda pelas autoridades.

Tinham a sua própria linguagem, os seus métodos, a sua lógica de vida em comunidade. Observou o sogro, Nho João, Nho Teodoro e os restantes rendeiros da região, todos decididos a não recuar, ao mesmo tempo que aumentava o medo, o nervosismo, a ameaça da ruína. Eram servos de Deus, submissos à Sua vontade, parte do Seu rebanho, e os seus corações estavam cobertos pela sombra do Bem que emanava das Suas mãos. Quem falava era um homem baixo, de boca esguia e olhar arguto, a quem chamavam o Coxo. E só um espírito malévolo, continuou este, suportado pela injustiça poderia contrariar a harmonia. Os oficiais de justiça tinham sido enviados pelo morgado para lhes impor as demandas cruéis. Todas elas, insistiu, contrárias às leis de Deus Nosso Senhor e Pai, como foi o ato infame de mandar desmanchar e deitar abaixo a casa de Nho Romualdo e expulsar a família das suas terras, por dever dois anos de rendas, quando estas já eram trabalhadas pelo seu pai e o avô do seu pai. "Domingos Ramos é um homem sem fé, de coração de pedra e aliado do Cão", concluiu o Coxo. A hora era de cerrarem fileiras e pôr um fim às injustiças. Iriam começar por proibir a vinda ao vale de qualquer pessoa ou feitor ligado ao morgado e qualquer oficial de justiça. Sofreriam as consequências todos aqueles que violassem esta decisão e para que tal fosse cumprida, adiantou, iam mandar colocar sentinelas em todas as entradas de acesso à Ribeira.

As reuniões sucederam-se nos dias seguintes, sempre liderados pelo General, como o Coxo preferia ser tratado. Várias pessoas falaram ao mesmo tempo. O Coxo pediu-lhes que se acalmassem e não se atropelassem. E foi dele a ideia de cercarem a casa de Domingos Ramos. Assim, durante sete dias montaram guarda ao redor da casa e das terras, armados com facas, espingardas e manducos. Assessorado por mais dois rendeiros fiéis, o Coxo pontuava as suas frases com o nome do Bom Jesus, lembrando-lhes de que lado estava o Bem, pois não era a terra uma dádiva de Deus? Não lhes pertencia por vontade divina? As palavras saíam-lhe certas, orientadoras, como se tivessem sido ensaiadas. Mantinha os olhos fixos, envolvidos por uma pele tostada e áspera. A um dado momento, voltou-se para Siríaco e disse-lhe que se lembrava dele e da boda, e que ele próprio também tinha matado um porco por ocasião do casamento da filha do seu compadre João. Mas ele era um homem da vila da Praia, com outras origens, outra educação, habituado a outra vida. Havia interesses políticos no meio daquilo, disse o Coxo. Confessou-lhe, revelando, ao mesmo tempo, uma aura de justiceiro, que sabia que aquele era um momento crucial para que as coisas mudassem de vez. A revolta era apenas uma de muitas ações necessárias. Siríaco percebeu tudo melhor na segunda conversa entre ambos, dias depois. Ele era dos poucos, disse-lhe o General, que poderiam entender o alcance das suas palavras. Até então, afirmou, todos os requerimentos enviados para o administrador do conselho ou o governo geral denunciando as injustiças dos morgados, como cobrar as rendas com violência ou desfazer as casas daqueles que não tinham como pagá-las, tinham ido parar ao lixo. Disse-lhe ainda que o morgado vinha manipulando as autoridades da Praia em seu favor. As cláusulas dos contratos, quase sempre orais, tinham sido sempre desfavoráveis para os rendeiros. A situação tornava-se ainda mais cruel durante os anos sem chuvas e diante das adversidades climáticas, como pragas de gafanhotos. Todas as famílias da região iriam ser afetadas pela decisão do morgado, para além de outros abusos que ele vinha cometendo, humilhando-os e maltratando chefes de família. Por fim, mostrou-se otimista. "Os rendeiros não estão sozinhos nas suas reclamações", confidenciou a Siríaco. "Há gente disposta a ficar do nosso lado, do lado dos mais fracos, não só os da Ribeira da Boa Entrada, mas pessoas como o padre Calixto, da igreja dos Órgãos, e alguns cônegos da Ribeira Grande." Foi então que se chegou mais perto, quando já se despedia, e lhe disse: "Precisamos de pessoas como você para a nossa causa. O meu amigo nasceu no Brasil e cresceu em Portugal; esta é uma hora crucial para o futuro desta província, agora também sua terra e chão de sua mulher e filhos, e o Brasil, o seu Brasil, pode ser o grande irmão capaz de nos valer nesta hora de decidirmos o nosso destino. Unir a província ao Brasil".

Nas reuniões que se seguiram, o Coxo chamou-os de bem-aventurados. Demorava-se nos seus olhos, prometendo a todos uma saída para as ameaças do morgado. Assumiu a liderança do processo como vinha fazendo durante as festas da tabanca, do batuco e dos reinados do Corpo de Deus. Apontou na direção dos presentes e pediu-lhes que não dessem ouvidos aos pedidos do cônego da freguesia dos Picos, nem ao sargento-mor, que os vinha aconselhando a abandonarem a sua causa e a cumprirem o estipulado pelo morgado. O Coxo sabia como apelar-lhes aos sentimentos e à virtude de bons cristãos, para acreditarem na salvação do Cristo crucificado. Siríaco confirmou os efeitos do seu poder de persuasão entre os rendeiros. Nho Teodoro, de nariz levantado, escutava tudo, revelando no rosto os efeitos daquela exaltação espiritual, daqueles sentimentos indefiníveis.

Uma noite, Siríaco sentiu a respiração quente de Aurélia e a sua preocupação pelo que pudesse acontecer nos próximos dias. A sua família e a do tio Teodoro podiam ficar na penúria. Receava que os rendeiros tomassem alguma medida drástica, inclusive matar o morgado e com isso trazer mais desgraça à Ribeira. Não queria que o nome da família ficasse manchado por algum crime. Ela queixou-se de muitas dores no corpo e de dor de cabeça. Siríaco abraçou-a, procurando aconchegar Aurélia com o seu corpo. Espreitou a Lua e viu como o céu sobre o vale era infinitamente mais amplo e brilhante do que em qualquer outra região do mundo em que se lembrava de ter estado. Adormeceu, depois de confirmar que a mulher estava, de fato, muito quente.

No dia seguinte, o Coxo e os restantes rendeiros decidiram enviar uma carta ao morgado, enumerando as suas reclamações. Em resposta, este mandou prender o portador da missiva. O influente proprietário e coronel deu ordens aos seus feitores para que expulsassem vários rendeiros das suas terras, como exemplo para quem ousasse desafiá-lo. Mas de nada lhe valeu. Nem os oficiais de justiça, munidos de mandados de prisão, nem a Junta Provisória do Governo-Geral, nem o próprio morgado tiveram permissão para entrar na Ribeira. Ao meio-dia do dia seguinte, chegou a notícia de que o Regimento de Cavalaria, enviado pelo governador, já tinha percorrido o vale de São Domingos e iniciara a subida para os Picos. A maior parte vinha apenas munida de sabres, sem qualquer arma de fogo, por ordem do governador, com receio de que estas caíssem nas mãos dos revoltosos. Dias depois, enquanto escutava os rendeiros comentando a vinda de padres à Ribeira dos Engenhos, enviados pelo bispo, para convencê-los a deporem as armas, Siríaco alheou-se do assunto. Estava mais preocupado com a febre que acometia Aurélia sem tréguas.

40

Pararam nos Órgãos e em São Domingos, para um breve repouso. Mas a febre voltou a atacar Aurélia já às portas da vila da Praia. Nessa noite, Siríaco velou pela sua mulher, despojada em seu delírio, lutando contra a febre com o mesmo esgar com que se prostrou na morte do pequeno Pascoal. Reparou como lhe tinha aparecido uma ruga nova na face. Procurou outros sinais que poderiam ser indícios dessa madura idade. No seu caso, o espelho devolveu-lhe a imagem de um homem abatido, cansado, onde cresciam sintomas do medo. Seguia-lhe a respiração vagarosa, tênue, enquanto o boticário Pereira e o cirurgião-mor lhe preparavam chás, banhos e outros medicamentos. Recordou as suas próprias manhãs febris no leito das Senhoras Teixeiras. A face de Aurélia tinha mudado. Estava mais esbatida com o passar dos dias, como uma planta murcha e sedenta. Dirigiu-lhe um sorriso desajeitado, mal abrindo os seus olhos. Siríaco molhou-lhe a testa e o rosto, como lhe indicara o cirurgião-mor, umedecendo-lhe a raiz dos cabelos. Depois, já a sós, viu-a entregue aos seus gestos, seu cuidado extremo e dedicação absoluta. Estava sozinha, mas estava sozinha com ele, e deixava-se estar assim, numa deliciosa indiferença para com o seu estado, seu próprio destino. O silêncio do quarto não mentia.

Enquanto isso, ele fazia e refazia contas à vida, recuperando imagens de outros tempos. Adormeceu por um instante e acordou, subitamente, com os seus tênues gemidos. Molhou-lhe de novo a fonte. A sua imagem nunca o havia encantado tanto. Pensou em todos os anos a seu lado e no nascimento dos filhos, como se receasse que essas visões pudessem desaparecer no instante seguinte. Sentiu uma enorme vontade de lhe confessar o quanto ela lhe era importante na vida e que nunca mais ficariam longe um do outro. Disse-o, baixinho, com uma raiva muda, libertadora, como nunca o havia feito. Tudo o resto pareceu-lhe abstrato, difuso, insignificante. Como pôde ele ter-lhe dado tão pouco? Era o momento de recuperarem o tempo perdido, as palavras não ditas, como se os anos que ficaram para trás pudessem ser revividos no futuro. Por um instante, pareceu-lhe que o ritmo da sua respiração tênue se suspendia, e que ela se preparava para lhe responder. Deu conta de como sabia tão pouco sobre a própria mulher. Mesmo depois de todos estes anos, cada um continuava a viver na sua margem do rio das suas vidas.

Aurélia mexeu-se ligeiramente na cama. Mudou de posição, retomando o ritmo brando da sua respiração. Uma mudança de meia volta apenas, mas que pareceu envolver o próprio tempo, dobrá-lo, para mergulhar depois no silêncio. E, mais uma vez, não houve vozes mágicas e misteriosas capazes de resgatar vidas suspensas, como também não tinha havido para o índio Marcelino de Tapuia, nem para o pequeno Pascoal. Demônios e deuses não se tinham batido pela sua alma. Ninguém deu ordens para que as nuvens se abrissem para o esperado milagre. Assim, quando os últimos galos cantaram, Aurélia estava morta e Siríaco teve a certeza de que acabava de perder o seu pedaço de paraíso na Terra.

DIAS DEPOIS, SIRÍACO RECEBEU UMA INTIMAÇÃO para responder sobre a sua ligação aos cabecilhas da Revolta dos Engenhos. Pouco se importou com a forma como os funcionários judiciais do novo Governo da Província o olharam e se lhe dirigiram, antes de ser interrogado pelo Ouvidor, na presença de dois escrivães. Não diferiam muito, na forma e no trato, daquela corte de subalternos, cada vez mais medíocres, que Lisboa mandava para ali. Quando soube da ordem de prisão dada ao Coxo, sabia que iriam devassar todas as conversas que mantiveram juntos, todas as reuniões em que tomou parte. A primeira seria sobre a sua deslocação à Ribeira dos Engenhos, sendo ele um morador da vila da Praia, o motivo que o levou a viajar nesse momento para lá. Esperava as habituais manobras desonestas da justiça, embora ele nunca tivesse tido qualquer atitude contra a lei e a ordem. A sua participação nas reuniões com o Coxo precisava de ser bem explicada, como lhe disseram, no interrogatório. Tinha de estar pronto para as manhas grosseiras de quem procurava culpados a todo o custo. Ele fora, em tempos, um homem ligado à corte. Privara, inclusive, com Sua Majestade e sua mãe, a rainha. Mas os tempos eram outros. E, já agora, não teria ele qualquer ligação à Maçonaria? Perfil de maçom não lhe faltava, por certo. As perguntas eram atiradas, por entre o riso insolente e desdenhoso. Siríaco sabia que não era muito difícil o exercício de encontrar as razões práticas para justificar o absurdo, para inverter a ordem das coisas e manchar a dignidade de uma pessoa. Nestas alturas, soltava-se a embriaguez aleivosa, como uma praga. Que sabia ele dos planos "revolucionários" de Manoel Francisco Sequeira, o Coxo? Fazia ele, também, parte desse partido pró-Brasil? As questões vinham como que envolvidas em secreta covardia. Teria sido ele, também, um dos instigadores da revolta, manipulando lavradores ignorantes? Que outro interesse poderia tê-lo levado à Ribeira dos Engenhos? Estes eram os fatos, faltavam agora as explicações.

O negro malhado respondeu a tudo, com a sua prudente frieza. Numa linguagem seca e arrogante, o funcionário disse-lhe: "Os culpados diretos desta desordem, que foram ao ponto de instigar a população a não ir receber o novo governador e a força militar que o acompanhava, já foram identificados, e medidas judiciais apropriadas vão ser tomadas. Um castigo exemplar para quem ousa levantar armas contra o governo constituído da Nação", concluiu. Mas Siríaco acreditava pouco nas leis. Percebera a sua inutilidade desde que chegara a Santiago e a razão por que as populações as transgrediam com frequência. O engenho humano também funcionava ali. Era a resposta dos ilhéus à injustiça e à inércia dos juízes. O funcionário continuou a falar sobre o caso, com misteriosas pausas entre as sílabas, iniciando umas digressões sobre as virtudes da lei, da ordem e da moral cristã. No ano seguinte, Manoel Sequeira, o Coxo, foi condenado e deportado para a ilha do Maio.

41

Os vinte e dois cronômetros escolhidos pelo capitão Fitzroy viajam no *Beagle* alinhados, cada um na sua caixa de madeira e envolvido numa camada de serradura. Charles acompanhou o capitão quando este os inspecionou, ainda em Devonport, arrumados numa cabina especial. Fitzroy esperava poder determinar a longitude da localização de *Beagle*, com o mínimo de erro possível, durante a viagem de circunavegação. Esta destinava-se precisamente a estabelecer vários pontos de referência ao longo da costa da América do Sul. Para além de Fitzroy, apenas George Stebbing, construtor de cronômetros e zelador, tem autorização para entrar neste compartimento. Charles transportava também o seu clinômetro, adaptado com as especificações do professor Henslow, que ele adquirira em Londres, um ano antes. Permitia-lhe medir qualquer ângulo, em especial das formações rochosas.

A inteligência e a aura poética do professor Sedgwick tinham-lhe despertado a paixão pela geologia. E agora, nos seus passeios, na companhia de Musters e de Siríaco, recita versos de Wordsworth, tal como os escutou do professor inglês. Durante a expedição pelo norte de Gales, Sedgwick falou-lhe das suas caminhadas, anos antes, com o poeta inglês, pelas margens e florestas de Lake District. Contou-lhe sobre o olhar romântico com que este gostava de observar o mundo natural. A poética era indispensável a qualquer cientista. Recitava para Charles o poema do coração que dança com os narcisos, do espírito que vagueava sozinho como uma nuvem. Um verdadeiro hino à natureza, explicou-lhe o professor. Para Charles, Sedgwick é mais do que um proeminente geólogo. Os seus interesses e conhecimentos estendem-se para lá desta ciência e o cientista não ambiciona menos do que descobrir as leis que explicam a história do planeta, aquelas com que Deus definira a vida na sua diversidade. A cada passada, nas suas deambulações pela ilha de Santiago, Charles recorda as suas palavras e reflexões, desvendando camadas de sedimentos sobrepostas, a sua viagem pelos maciços dos Alpes, e a escolha, pelos seus pares, do seu nome para presidir à Sociedade de Geografia de Londres. Viajara também nos versos de "Timbuktu", poema escrito por Fred Tennyson, jovem seu aluno no Trinity College. Discutiam a mitologia e o aspecto visionário do texto, a partir de um olhar para os mistérios de África, à sombra dos Pilares de Hércules.

Ficara acordado que o eminente professor passaria a noite antes da partida para Gales na casa dos seus pais, The Mount. O pai mostrou-se altivo e questionou-o, exaustivamente, sobre a sua relação com as doenças e os males que o afligiam mais frequentemente. Era a primeira vez que a família recebia um convidado do campo das ciências tão ilustre. Sedgwick falou de geologia e de poesia. Susan, a irmã mais nova de Charles, pouco habituada a estes momentos tão reveladores, não conseguiu disfarçar o fascínio pela erudição e os modos daquele professor e intelectual. Nessa noite, leram-se poemas de Ovídio, Horácio, Dante e Shakespeare. "Os poetas traçam vidas e mundos vastos", afirmou Sedgwick. "Com meia dúzia de versos fazem com que o nosso planeta perca todo o peso, toda a solenidade e fique mais ardente e sôfrego. Que seria de nós num mundo sem livros? Toda a matéria seria dócil, mas morta, sem a alma da poesia", disse. Charles via como a irmã, sentada no seu canto, tamborilava, nervosamente, com os dedos na superfície lisa da cadeira. Robert Darwin conseguira trazer Sedgwick de novo para as coisas mundanas, falando da casa paternal, das origens da sua família. Mas foi a felicidade, a sua busca, as suas formas e fragilidades, o que mais os entusiasmou. Não seria a amizade, também ela, um elemento complementar da felicidade, quis saber Caroline. Entregar-se absolutamente a este sentimento era investir na felicidade, mais até do que no amor. Agradava-lhe muito essa premissa, respondeu Sedgwick. O empenho na amizade poderia levar a confiar uma vida inteira. "Mas a felicidade também está na natureza, naquilo que ela oferece sem cobrar por isso", continuou. O seu gosto por aqueles passeios expedicionários igualava o de Charles. "Há poucas coisas na vida mais inspiradoras do que o cheiro da terra nua ou o suave murmurar da água no leito dos riachos. Sou capaz de esquecer tudo pelo instante que dura uma curva da estrada, no flanco de uma montanha, de onde se pode avistar um prado, rio ou lago, expostos à aurora ou épico ocaso."

Na manhã seguinte, partiram logo cedo. Ao longo de uma semana, Charles acompanhou o professor Sedgwick nas pesquisas e observações, até decidir continuar sozinho e explorar aquela parte do País de Gales, que ele desconhecia. Ele era um homem novo, pensou, ainda solteiro como Sedgwick, sem filhos, gozando da plena liberdade do viajante e do dom de poder transformar a natureza, naquilo que eram os seus segredos, seus mistérios milenares.

CHARLES DECIDE INSPECIONAR O EQUIPAMENTO, depois de verificar a densidade da poeira no ar que cobre a vila da Praia. Os instrumentos que traz consigo estão bem-acondicionados nas suas caixas de madeira: o microscópio, as duas bússolas, o telescópio, o barômetro, o clinômetro e o hidrômetro. Alguns terão melhor uso em paragens mais equatoriais e úmidas. É exíguo o espaço que ele tem para dormir e guardar os equipamentos e todas as amostras de espécies animais que vem recolhendo das águas em redor do ilhéu. Dos dois homens com quem divide a cabina, Stokes é o mais experiente. Está sempre disponível para as dúvidas de Charles sobre o que os espera na ponta sul do continente americano. É dos poucos oficiais a realizar a segunda viagem à América do Sul, ao lado do capitão Fitzroy, no *Beagle*. Ficou responsável pelos mapas indispensáveis à navegação e a sua atualização permanente. O aspirante King, de catorze anos, é o filho do capitão Philip Parker King, que também comandou a expedição anterior do *Beagle* à Patagônia. A cabina é dominada pela larga mesa de trabalho de Stokes, sobre a qual Charles e King estendem, todas as noites, as suas redes de dormir. Para além das gavetas com os mapas de navegação, Charles ficou particularmente encantando com a pequena biblioteca de livros, entre dicionários, poesia, romances, bíblias, na qual mergulhou. A única forma possível de enganar o enjoo.

O jovem naturalista ficou impressionado com os conhecimentos que Stokes tinha da língua dos três índios fueguinos. "Tenho um bom ouvido para idiomas", respondeu-lhe Stokes. Aprendera-a no convívio com eles, ao longo dos meses que demorou a viagem da Terra do Fogo para Inglaterra. Tinham decorrido dez meses desde que os índios desembarcaram nesse país para aprenderem a ser cristãos e a ter bons hábitos civilizados. Agora estavam de regresso à sua terra. Haviam recuperado a velha amizade com o aspirante do *Beagle* e parecem-lhe bastante felizes com a perspectiva de reverem a família.

Stokes conhecera também o quarto índio, Boat Memory. Mas este não resistira ao sarampo e morreu no Hospital Naval de Plymouth, logo à chegada a Inglaterra. Os elementos da tribo Alakalufe, a que Boat Memory, El'leparu e Yok'cushly pertencem, parecem ser bem mais inteligentes do que os da Yaghan e das restantes, assegura-lhe o jovem oficial. "São exímios construtores de canoas, as quais usam nas suas deslocações e para pescar", explica o aspirante. A morte do índio trouxe ao capitão Fitzroy o seu primeiro revés na promessa de os devolver à sua terra natal logo depois de evangelizados. Nem as vacinas contra a doença, tomadas primeiro em Montevidéu e depois em Inglaterra, conseguiram salvar o rapaz de vinte anos, um guerreiro altivo e forte, por quem o capitão desenvolvera grande estima. Stokes e toda a população admiraram a coragem e a agilidade destes indivíduos, apesar do seu lado claramente selvagem. Charles já se tinha dado conta da soberba constituição física de El'leparu. De toda a tripulação do *Beagle*, com mais de setenta homens, entre marinheiros, oficiais e soldados, nenhum lhe pareceu mais bem constituído. "São adversários difíceis de vencer, rápidos a atacar com pedras e paus, capazes de lutar até ao fim", conta Stokes.

Os índios tinham sido feitos reféns pelo capitão Fitzroy após a tripulação tentar resgatar um bote que tinha sido roubado, dias antes. Mas nem o bote do *Beagle* foi devolvido, nem os cativos foram libertados pelo capitão, que resolveu fazer deles representantes da igreja anglicana naquela parte esquecida do mundo. Charles tinha escutado a mesma história do próprio Fitzroy, quando este lhe confessou que teria sido muito perigoso libertar os índios depois de se terem afastado da sua região de origem. Corriam sérios riscos de serem capturados e mortos pelas tribos vizinhas, suas inimigas naturais. Mas o fato é que as suas famílias não foram avisadas da decisão do capitão inglês e os índios não puderam opor-se à decisão de serem levados para Inglaterra. Boat Memory fora batizado em honra do próprio acontecimento que estivera na origem da captura dos índios. O *Beagle* levantou âncora da Baía do Bom Sucesso e fez-se ao mar, causando um instante de terror no jovem Alakalufe. "Mas logo que viu a comida que lhe tínhamos preparado, esqueceu a terra e a família", relembra Stokes. "Limpou, vorazmente, o prato." De seguida, deram-lhe um banho e vestiram-no com roupas de marinheiro e juntou-se a El'leparu e Yok'cushly. Os três viram a terra ficar para trás sem qualquer ideia de para onde estavam a ser levados ou qual seria a sua sorte. O´rundel'lico, o único índio Yaghan, foi levado para bordo mais tarde, durante uma das últimas paragens do *Beagle*, noutra península da Terra do Fogo.

Charles nunca tinha estado diante de índios. Mas os dez meses passados em Inglaterra tinham-nos transformado de tal maneira que já só a língua materna poderia denunciar o seu lado selvagem. Os mais novos, O´rundel'ico e Yok'cushly, tinham aprendido tudo mais depressa do que El'leparu, que se revelou teimoso e desconfiado, contou Fitzroy. Parte da sua tarefa estava cumprida. O capitão prometera que os levaria de volta à Terra do Fogo, como bons cristãos, e ali estavam os três, evangelizados na palavra de Deus, para confirmar que tal desejo era possível. O jovem missionário Richard Matthews, na verdade o único que se voluntariou para esta missão, acompanha-os neste regresso. Para além de uma enorme ignorância sobre as terras austrais, como desconfia Charles, traz consigo instruções sobre como montar uma paróquia nas terras frias e longínquas. A dúvida estava na atitude dos fueguinos europeizados. "Meu caro Charles", disse-lhe o capitão Fitzroy, "você devia ver a desenvoltura da menina perante Suas Majestades, a sua cara quando a rainha lhe colocou um dos seus bonés na pequena cabeça e lhe enfiou o anel no dedinho". Tinha sido o ponto alto da aventura inglesa dos três fueguinos e o capitão confessou-lhe que estava convencido de que a experiência em Inglaterra e a educação recebida teriam grande impacto junto do seu povo. Ainda que o frenólogo que os examinou, a seu pedido, tenha concluído outra coisa. O formato das três cabeças em nada diferia quanto à capacidade de inteligência que possuíam. Os traços animalescos, continuou, eram praticamente impossíveis de erradicar, por muita educação que pudessem receber. Se os altos na cabeça, associados à inteligência, eram poucos, aqueles que indicavam propensão para a selvageria eram grandes e abundantes. Os três tinham agora muito para contar na sua terra, gracejou Stokes, para além dos inúmeros presentes que traziam consigo, entre as cargas do *Beagle*. "Vendo bem, *sir*, as coisas até nem correram mal para a menina e os dois indivíduos. Nunca um índio fueguino terá estado tão longe da sua terra e visto tanta coisa nova. Nem se preocupado tanto em puxar o lustro às suas botas."

43

Com as medições feitas e as experiências meteorológicas concluídas, a 8 de fevereiro de 1832 o capitão Fitzroy dá ordens para levantar o acampamento no ilhéu de Santa Maria. Horas antes, Siríaco e Mister Charles recolheram os últimos invertebrados marinhos e corais, na costa sul do ilhéu. O velho segue agora o movimento dos botes na direção da fragata, com os marinheiros segurando e içando para bordo as caixas contendo os instrumentos de medição, procurando equilibrá--las na ondulação. Nada como um embarque calmo, ordeiro e disciplinado, pensou, cada homem sabendo muito bem a tarefa que lhe cabe. O contrário, recorda o velho, da exaltação extraordinária que abalou a cidade de Lisboa e apanhou de surpresa todos os curiosos que se tinham aproximado do cais de Belém, naquela manhã de novembro de 1807.

Houve quem pensasse que era possível escapar ao desastre iminente recorrendo à arte e aos segredos da diplomacia. Ainda hoje, passados tantos anos, Siríaco recordava o ruído dos cascos dos cavalos e das mulas das carruagens e carroças carregadas de mobiliário e restante recheio de palácios, igrejas, bibliotecas e mosteiros. Sentia o ímpeto das montadas pelas ruas da cidade ainda adormecida e a urgência de quem as comandava, numa corrida contra o tempo. Estranho sentimento de embriaguez coletiva, que descia em direção ao cais de Belém, espantando todos à sua passagem, por ruas e praças pouco habituadas a tanto rebuliço, logo pela madrugada, que esta sequer é data de efeméride, dia santo ou de louvores e procissões, que nada disto acontecia neste período do dia ainda novo. Na verdade, a vontade do príncipe regente e dos seus conselheiros é que o povo saiba o menos possível daquilo que se está a passar. Tenta-se desviar a sua atenção desta emergência que o reino atravessa. Mas uma correria de carros em direção ao cais não é uma tropelia de rapazes pelas ruas, nem cantarolia de grupo de bêbados. Siríaco atravessou a cidade, o chão desfazendo-se sob as rodas, no lamaçal deixado pelas chuvas do dia anterior. A carroça ia carregada de espelhos envolvidos em mantas, dosséis, cadeiras, mesas, armários e gavetas repletas de roupas, e um sem-número de caixotes trazidos do Palácio de Queluz. Pouca informação lhe chegara sobre aquela revolução em curso, nem aos criados e trabalhadores braçais, contratados para esvaziarem os edifícios públicos dos muitos tesouros do reino. Retivera, ou concebera, um espírito de heroísmo nas pessoas que comandavam aquela operação magnânima e que colocavam a cidade do avesso. Por isso, só se podia falar em brava coragem. Não lhe lembraria nada de menos. Esvaziados os palácios reais, grupos de dez, quinze homens robustos atravessaram pátios e claustros, sem qualquer tempo ou direito a pensar, que tal não lhes cabia, naturalmente. A azáfama dos serões passados a encaixotar e a arrumar o recheio precioso foi testemunhada apenas pelas estátuas dos pátios e corredores dos palácios, como criados mudos na sua graça pensativa. Vários comboios de carroças e carruagens atravessaram a cidade nessa manhã calma de um outono que se abria com sol por entre as nuvens. A lama das ruas brilhava na luz morna, contrapondo-se à azáfama, que prometia um dia histórico. A movimentação parecia ser saudada pelas badaladas cristalinas das torres das igrejas, fundindo-se com o ruído dos cascos das alimárias. Os últimos passos pelas naves dos conventos e salas dos palácios aumentavam a sonoridade ancestral nas lages de pedra e nas paredes sombrias. Pelo caminho havia quem acordasse uma raiva difícil de conter. Uma desilusão que crescia à medida que a manhã avançava e se começava a desconfiar que alguém se preparava para fugir às suas responsabilidades. A estupefação impotente aumentava à medida que tudo se tornava mais claro. Alguns sentiam-se tão irremediavelmente sós como sempre tinham estado. Nem a França nem a Espanha, nações inimigas, suspeitavam da operação que estava em curso. Para o príncipe regente D. João tinha chegado aquele momento da vida de qualquer soberano em que este abandona todos os receios e cobardias, seguindo uma voz misteriosa que lhe ordena que se transcenda, que realize um ato admirável e determinante para o seu povo. O Conselho de Estado reunira-se com o monarca e a decisão era irreversível.

    Siríaco fora um dos escolhidos para formar a equipa de carregadores, homens fortes capazes de levar a cabo um autêntico trabalho de formigas, esvaziando o Paço de Belém, o Palácio de Queluz, o da Ajuda e outros mais, retirando tudo o que seria necessário e indispensável para implantar a corte no Rio de Janeiro. Depois, soube ainda que tinha sido contemplado com um lugar a bordo, como criado de confiança e de longa data da rainha e da família real. Pedia-se agora audácia, pensamentos simples e práticos. A hora era crítica, exigia lealdades, orgulho e dedicação.

As famílias nobres continuavam a chegar ao cais de Belém, observadas por uma pequena multidão de curiosos, espantados por tamanha logística. Aristocratas e burgueses mais ricos foram obrigados a abandonar as suas casas, palácios e terras ao invasor francês, que se aproximava, rapidamente. Siríaco vira aquelas mesmas famílias nos bailes nos salões dos palácios, em exéquias, nos conventos e basílicas da cidade. Estavam agora transformados em fugitivos, descendo dos seus coches com um ar abatido e atormentado. Não havia tempo para luxos e joias, nem esvoaçar de véus de renda ou vestidos de musselina, fios de ouro, ou olhares superiores. O semblante geral era de vencidos e submetidos. Exibiam uma exasperação que contrastava com a boa vontade dos marinheiros, soldados e restante da criadagem que ali estavam para ajudá-los a embarcar. Algumas destas senhoras finas tinham partilhado o camarote real com D. João, D. Carlota Joaquina e as irmãs da rainha, no Real Teatro. Outras vezes, Siríaco vira-as percorrendo os corredores e as salas, durante uma ópera ou um duelo de sopranos italianos e *castrattis*. Tinham usado de mil sutilezas para se fazerem convidadas ou entrado em disputas para obterem a atenção da família real. Agora, os belos e longos vestidos de seda e as carruagens de soberbos cavalos, com que tinham chegado ao Real Teatro, davam lugar a um passeio inglório sobre pranchas de madeira enlameadas. Atravessavam o chão coberto de poças de água, revelando medo e frustração. Exasperavam criados e funcionários régios encarregados da operação de embarcar os que constavam das listas de passageiros. Siríaco descarregou as caixas, malas e baús da carroça contendo roupa e pertences das infantas Maria Francisca e Isabel Maria, de sete e seis anos. Ambas iam viajar ao cuidado do marquês de Lavradio. Entraram no bote que os levou à nau *Rainha de Portugal*, uma das mais de quarenta embarcações da frota ancoradas a meio do Tejo. Uma profusão de botes, barcas e chatas cruzava as águas frias, desfazendo a corrente, por entre vozes de comando de marinheiros e soldados. Enquanto assistia ao espetáculo, o povo perguntava quem seriam aquelas figuras altivas e distintas, que jamais tinham visto por ali. Chegavam naquele atropelo de carros e coches, mulas e cavalos. Onde estavam os seus ornamentos caros e frágeis e que era feito da paixão com que se pintavam, vestiam e punham os seus colares? Naquele bulício de cavalos, de gente que chegava e embarcava, a presença de Siríaco não era mais misteriosa do que a das distintas personagens, cujos sinais de atrapalhação e ansiedade começavam a divertir o povo.

    Naquele mesmo cais haviam desembarcado os animais destinados ao Pátio dos Bichos. A manhã era invadida, lentamente, por um sol de esperança para os milhares de pessoas que continuavam a embarcar. Para onde iam também havia muito sol. Mas pouco mais sabiam das terras brasileiras, nem se chegariam com vida ao seu destino. O astro-rei parecia resgatá-los das suas lamentações, ajudando-os a dissimular a angústia nos rostos belos e chorosos. Dificilmente se podia evitar alguma compaixão pela ausência da pele perfumada, as mil sutilezas que normalmente realçavam a sua beleza. Era um embarque sem deleite, numa manhã morna e úmida. Vozes de comando controlavam os passageiros que podiam embarcar, pois que nem todos tinham lugar garantido na exiguidade dos navios. Figuras importantes, como o Núncio Apostólico, Monsenhor Caleppi e um irritadíssimo D. Pedro de Sousa Holstein, futuro duque de Palmela, ficarão em terra. Por ora vão os eleitos, se assim se pode dizer, com suas riquezas e criados, não para uma nova vida nos céus, mas o necessário para implantar a corte do outro lado do Atlântico. A Siríaco coube-lhe um lugar em navio com nome inspirador, *Rainha de Portugal*, tendo como tarefa todas as de um vulgar criado da corte. Mas irá cuidar especialmente das infantas e acorrer às suas necessidades, assim como as do marquês de Lavradio, durante a longa viagem. Homens e mulheres, burgueses e nobres, continuavam a subir a bordo. Cargas, carruagens, arquivos, cofres, ouro, pratas, jóias, móveis, animais, provisões, eram içados por grupos de marinheiros, através de roldanas. Todos tinham o mesmo pensamento: que as tropas de Junot, que estavam a dezoito horas de Lisboa, não as alcançassem ainda na barra do Tejo e a dinastia dos Braganças chegasse ao fim. Siríaco avistou a *Príncipe Real*, ali por perto, onde D. João se instalou com a tia e a cunhada, acompanhados por mais de mil pessoas. Imaginou que nos seus porões também estariam os caixotes que chegaram em carros escoltados por soldados, salpicando os mais próximos de lama, e que continham o ouro, os diamantes e o dinheiro do Tesouro Real. Desconfiando do que poderia ir naquela carga, algumas pessoas cuspiram e apedrejaram as carroças, desprezando os soldados. Apesar do sol, a manhã não podia ser mais sombria.

Siríaco lançou um longo olhar sobre a pequena multidão que ainda se mantinha no cais. Apercebeu-se daquela solidão coletiva, a nota dominante que o destino estendia, misericordiosamente, sobre eles. Ao longe, descortinou a fachada e os telhados do Paço de Belém. Recordou o índio Marcelino de Tapuia e os anões da rainha, o dia da sua chegada. Lembrou-se de quando se deslocara àquela praia, na companhia dos anões Benedito e D. Pedro, para juntos apanharem *clanguejos na amaré*, como estes diziam. Mas o coração apertou-se-lhe ao lembrar-se da fragilidade dos animais do Pátio dos Bichos. Quem iria agora olhar por deles? Seriam mortos pelos franceses? Talvez os moços pudessem continuar a cuidar deles e não estivessem condenados a morrer à fome.

Vinte e dois anos depois, Siríaco preparava-se para fazer a viagem no sentido inverso. O príncipe herdeiro, que o acolhera, tinha morrido ainda jovem. A rainha, que o adotara depois, era uma idosa de 73 anos, reclusa e louca. Três gerações da família real abandonavam Portugal de emergência, acomodadas, perigosamente, na *Príncipe Real*. À medida que a costa foi ficando para trás, o rosto dos passageiros tornava-se mais sombrio. A dureza do sentido prático da vida não tardaria a impor-se. No meio do tumulto e da tranquilidade possíveis, esforçavam-se as poucas crianças a bordo por recuperar um instante de distração e brincadeira. A cada embate das ondas, as mães e as criadas soluçavam, apertando-as contra o peito. Ao longo de dias e noites, Siríaco acompanhou aquele grupo de eleitos da *Rainha de Portugal* no seu tormento. Por causa dos ventos de tempestade de sudeste, a esquadra real — constituída por 18 navios de guerra portugueses, 13 britânicos e 26 mercantes — foi obrigada a velejar com um mar de través, rumando a noroeste, correndo grande perigo e aumentando assim o mal-estar dos passageiros. Siríaco mediu o espírito de desolação geral. Adivinhou os enjoos dos que nunca haviam entrado num barco, a exasperação dos impacientes, os silêncios oportunos. Tudo seguia sem preâmbulos ou ensaios. Os traços do medo e da incerteza, como fiel companhia.

44

O VELHO VIU-LHE O ROSTO ROSADO e a profundidade dos olhos. E ao apertar-lhe a mão sentiu a pele macia, os dedos nervudos e compridos. Partes de um corpo de homem jovem, atraente e sensível, cuja saúde não exigia qualquer tipo de cuidados. Era um homem diferente de todos os que conhecera. Siríaco sentiu um leve estremecimento no peito. A sua vontade imediata tinha sido colocar-se à sua disposição. A dedicação fora-se tornando prodigiosa, enlevada de respeito e admiração. Uma relação que, em tão curto tempo, resultara numa amizade inconfessada. Havia boa vontade nos seus olhos. O sorriso franco de agradecimento comovera-o. A memória que Mister Charles pudesse guardar dele, pensou, seria a maior de todas as honras.

"Certa vez", disse-lhe Siríaco, "em jovem, ouvi uma voz e sonhei o meu futuro. Sonhei mais coisas destas, que depois vieram a acontecer..." Charles ficou sem a certeza de ter entendido bem as palavras do velho. Siríaco acreditava nesse novo poder que podia surgir de uma descoberta de novas leis naturais. E agora achava-se vidente, pensou. Talvez fosse da idade. Havia um caos qualquer, um delírio coletivo organizado à sua volta, e nas vidas que lhe estavam próximas, pensou Charles, algo que também podia ser perceptível, inclusive por um homem tão simples como Siríaco. Um caos revolto num mar de ansiedades, onde estariam todas as perguntas colocadas pela Humanidade. A busca pelos fundamentos da realidade, a própria capacidade para intervir nessa realidade. Chegaria ele alguma vez a conseguir explicar o mundo?

A possibilidade de um regresso ao Brasil, aproveitando a viagem do *Beagle*, que o velho terá cogitado logo na chegada da fragata, fora-se esfumando, a pouco e pouco, nas voltas e nas contradições do espírito — no real e no sonho, no ainda possível e no já vivido. Os sons e as cores da Bahia, do vale do Cotinguiba e do engenho de Princeza da Mata estavam agora no seu coração e os seus vestígios bem guardados na memória.

O *Beagle* levanta âncora, enfuna as velas e começa a deslizar em direção ao mar largo. Siríaco experimenta uma sensação de serenidade, misto de felicidade e tristeza. Terá encontrado um momento de sossego. Chegam-lhe vozes em inglês, embriagadas pela distância. As últimas coleções de fósseis, animais, rochas e plantas estavam bem-acondicionadas na cabina do naturalista. Mister Charles, o jovem Musters e os três índios fueguinos acenam para o ilhéu. O velho e Marcelino retribuem, com os seus chapéus de palha. A fragata vai-se reduzindo à silhueta da sua popa, entrando, lentamente, pelo horizonte. Siríaco deixou-se estar ali, com o filho, ambos em silêncio, sentados numa rocha, até se escoarem os últimos raios de sol do dia. Antes que a escuridão envolvesse a ilha, olhou o pé fibroso e magro. Levantou-se, despiu-se e avançou, vagarosamente, pé ante pé, sob o olhar de Marcelino, por sobre os calhaus, em direção às ondas. Sentiu o sangue a pulsar--lhe nos braços. Mergulhou o corpo felino na água e pensou em como nunca sentira tão intensamente a beleza e a solidão daquele mar. Recuperou um marulhar suave de que já não tinha memória e entregou-se àquela massa líquida, como quem abandona o cais da vida. O início do crepúsculo trazia ao que restava do dia os mais estranhos matizes de cor. Nadou para o largo com uma leveza animal. Marcelino levantou-se para o observar melhor. O velho continuou a nadar mais para longe, tão tranquilo e tão envolvente que sentiu que poderia reduzir os movimentos e deixar-se ir na corrente. Até se fundir, finalmente, nos braços de uma morte velha e acolhedora.

45

Ilha de Santiago, setembro de 1836

Um manto verde cobria a ilha de Santiago quando o *Beagle* voltou a entrar na baía da vila da Praia, quatro anos depois. A expectativa de pisar terra firme novamente animou Charles, para quem os dias no mar continuavam a ser um verdadeiro tormento. Nos últimos anos só conseguira conciliar o sono em terra. Nem mesmo a redação das suas notas científicas e do diário conseguiam trazer-lhe momentos de paz e sossego. Pensava na família e animava-o a ideia de retomar os passeios em volta de The Mount, em Shoropshire, na companhia de Susan, Catherine e Caroline, bem como as conversas com o pai e o irmão Eras. Estas prometiam ser particularmente entusiasmantes. Precisaria de muitas tardes e de muitos serões para lhes falar de tudo quanto vira e o maravilhara, nestes cinco anos. Outras vezes, relia as cartas que as irmãs lhe vinham enviando, durante os vários momentos da viagem. Levantou os olhos e sentiu uma nostalgia indefinida por aquela ilha que via aproximar-se no horizonte. O homem que acabava de dar a volta ao mundo reencontrava, na memória, o jovem sonhador e inexperiente, ávido dos mistérios da natureza e embriagado pelos cheiros da ilha tropical. Pensou no pai, ainda fazendo planos para que ele se tornasse pastor quando regressasse à Inglaterra, e se dedicasse à família, levando uma vida pacata, numa qualquer paróquia de província. Não podia imaginar como o filho vinha prenhe de centenas de notas de tudo quanto observara nas florestas brasileiras, nos cumes dos Andes, na Patagônia, nas ilhas Galápagos, nas dezenas de fósseis que foi recolhendo por onde passara. Eram às centenas as anotações e desenhos de animais, plantas e organismos que Charles fora registando, com a preciosa ajuda de Musters e do fiel Covington. De Inglaterra tinham chegado também boas notícias. Sedgwick e outros antigos professores estavam muito entusiasmados com os seus escritos e as suas pesquisas, como lhe escreveu Caroline.

 A emoção que estas notícias lhe trouxeram ajudara Charles a combater a desilusão que o aguardava no Brasil. À sua espera, na estação naval britânica do Rio de Janeiro, estava o primeiro correio para o *Beagle* e nele a carta que lhe dava conta do noivado de Fanny Owen com o aristocrata Robert Biddulp. As palavras e as frases passaram-lhe pelos olhos, primeiro céleres, depois numa pungente lentidão. Ironia do destino: um ano antes, o mesmo Biddulp fizera a corte à sua irmã Sarah e antes tinha rompido o noivado com Isabella Forrester, sua amiga, deixando-a afogada em lágrimas. Fanny Owen, ela própria, havia censurado a conduta irresponsável e imatura do aristocrata. Aconselhara Sarah a ter cuidado com os encantos de Robert. Nesse preciso instante, o *Beagle* foi invadido por nuvens de borboletas brancas noturnas, que entravam por todas as portas e vigias, no seu voo furtivo, ante o espanto dos homens da tripulação que, munidos de redes improvisadas, se divertiam a apanhar quantas pudessem, ficando com elas na palma da mão, sem saber depois o que fazer. O criado Covington veio chamá-lo. Charles saiu da cabina, deixando a carta sobre a mesa, e foi ver o que entusiasmava tanto os homens. Identificou algumas mariposas e anotou as formas e as imagens que estas lhe sugeriam. Perguntou-se que fenômeno seria aquele que levara a uma visita de surpresa e tentou decifrar qual seria, ali naquela costa, o seu plano de voo. Robert Biddulp era um conhecido jogador e destruidor de noivados, pensou, quando regressava à cabina. O que levara a amiga a cair na mesma teia das noivas anteriores era um mistério. Valeria a pena preocupar-se com Fanny? Charles continuou a observar o voo das últimas mariposas, através da vigia da cabina. As formas da dor e do sofrimento vinham disfarçadas de prazer e alegria. Sentia nas palavras de Catherine a sua consciência do choque que esperava o irmão ao ler a carta e da injustiça que lhe havia sido feito por Fanny. Por altura destes acontecimentos, a amiga já estaria, naturalmente, casada. Escolheu um aristocrata para marido, uma aposta clara na escala social e uma vida segura num castelo junto à fronteira com o País de Gales. Talvez as conversas entre ela e o marido acabassem por encontrar um denominador comum. Imaginou que ela passaria a evitá-lo assim que soubesse do seu regresso a Inglaterra. Mas recusava pensar em Fanny como uma rapariga fácil e bonita que só se quer divertir. Mesmo transpirando muitos lugares-comuns, que se juntavam às suas aspirações de mulher da boa sociedade. Esfumar-se-ia, a pouco e pouco, a sua aura de mulher da cultura, que apreciava o prazer das longas conversas sobre assuntos interessantes, dos mistérios da vida, das artes e da ciência. Charles pensou que só restava desejar-lhe as maiores felicidades e sufocar no peito a dor e a pena. Talvez tivesse sido melhor assim, pensou, pegando novamente na carta. Analisando os acontecimentos a esta distância, o momento dizia-lhe que talvez ele não fosse o marido ideal para a acompanhar a festas, casamentos, piqueniques, passeios plenos de mexericos e outras miudezas de uma vida mundana. Encerrou o assunto, de uma vez por todas, recordando a primeira vez que a visitou. A criada viera à porta dizendo que Miss Owen não estava em casa. Mas, ao ver a sua expressão desiludida, deixou escapar um sorriso divertido e ficou ali, corada, a olhar para o chão, até Fanny surgir na porta, fingindo-se surpresa com a sua presença. Ela nunca lhe pareceu tão bonita: os olhos meigos e delicados, os cabelos pretos, lisos e brilhantes. A pele imaculadamente branca, a sonoridade límpida da sua voz.

    Entrando pela vigia, o crescente lunar tropical iluminava a cabina, onde Stokes e King dormiam nas suas redes. Charles fechou os olhos e adormeceu. Sonhou que estava sentado numa cadeira de baloiço, igual à do pai, com Fanny, no quarto de uma casa de campo. Ela trazia um vestido de musselina branco e ocupava-se, incansavelmente, de um sortido de leques, luvas e chapéus, explicando-lhe, depois, as qualidades de cada frasco de perfume que abria.

46

Os montes mais próximos exibiam um tapete viçoso de erva e plantas, em contraste com a aridez habitual, devido às chuvas abundantes que tinham caído nos últimos dois meses. As pessoas que sobreviveram aos três anos de seca — que dizimaram um terço da população e grande parte do gado — viram as suas vidas renovadas. A calamidade tinha sido suspensa, até à próxima estiagem. No interior da ilha, os campos férteis produziam a fartura há muito desejada. Os mercados estavam repletos e coloridos e as pessoas recuperaram a alegria. Charles não viu o velho Siríaco por entre as pessoas que vieram receber a tripulação do *Beagle*, na Praia Negra. No momento em que desembarcavam em Santiago pela segunda vez, a notícia da sua viagem já tinha corrido vários continentes, trazida por navios que subiam o Atlântico.

Marcelino vestiu a sua melhor roupa: casaca, colete listrado sobre uma camisa de uma alvura impecável, chapéu de palha de abas largas e calça branca de algodão, e desceu o planalto para ir dar as boas-vindas ao amigo do seu pai. O ritual das visitas de cortesia ao novo governador e ao cônsul de Sua

Majestade cumpriram-se, e desta vez com júbilo e satisfação. Afinal, quase cinco anos de viagens pelo hemisfério sul do planeta ultrapassavam, de longe, aquelas que o capitão James Cook também fizera por terras austrais. Só ficavam atrás, em novidade, da circumnavegação magalhânica concluída por Del Cano. Muita coisa tinha acontecido, entretanto, comentou o cônsul William G. Merrill. Aquela ilha, embora remota da civilização, também era parte do mundo e assim tinha sofrido a sua quota parte de transformações e sobressaltos, naqueles anos turbulentos, mesmo que à sua escala e na lógica dos poderes que a governavam. Mas Charles e Fitzroy mostraram-se pouco interessados na política e nos problemas locais. O cônsul percebeu e mudou de assunto. Quem vinha de percorrer o mundo, e de ver muita terra e mar, animais exóticos e vulcões ativos, tinha, evidentemente, outros assuntos para falar. Desta vez não haveria acampamento no ilhéu de Santa Maria. O tempo de estada seria bem mais curto, explicou o capitão. Apenas para descanso da tripulação e alguns consertos no *Beagle*, antes da última estirada até Inglaterra.

    William G. Merrill deu pela falta do cirurgião-mor do *Beagle*, Robert McCormick. "Abandonou a expedição no Rio de Janeiro", respondeu-lhe o capitão Fitzroy, sem adiantar mais pormenores. Não lhe contou que essa decisão parecia já estar escrita ao deixarem Devonport, ainda no início da viagem. Ou que o cirurgião era um homem da medicina relutante, que talvez esperasse mais da vida do que esta lhe podia dar. Não era alguém que aceitasse determinadas ordens pacificamente. A arrogância e a altivez valeram-lhes alguns atritos. Mas era claro que a maior razão para isso, como Merrill veio depois a saber, tinha sido o tratamento preferencial que o capitão do *Beagle* dispensara ao jovem Charles desde o início da viagem. Robert McCormick era um homem decidido a fazer carreira e que falava do alto da sua torre de marfim, como lhe confidenciou um dos oficiais. Nove anos mais velho e mais experiente, McCormick recusava em absoluto os métodos e as ideias inovadoras de Charles e dos seus professores. Tinham perspectivas opostas sobre as mesmas questões científicas. Sempre que Charles se referia ou chamava a atenção para esta ou aquela teoria, este ou aquele professor, ou para uma descoberta que o fascinara e a sua importância, McCormick sorria, puerilmente. De seguida, fazia um comentário depreciativo, antes de finalizar com outro que achasse verdadeiramente vital para a ciência. A face, reconhecidamente satisfeita, retomava então o seu recanto de prazer, seguido do estalar das articulações dos dedos com que pontuava as suas opiniões. As coisas pioraram muito antes de atingirem as costas do Brasil. Durante o desembarque e a exploração dos Rochedos de São Paulo, a meio do Atlântico, Fitzroy convidou Charles a entrar no primeiro bote, com ele, dando indicações para que McCormick fosse no segundo, que iria circular os Rochedos e tratar da faina para o jantar. Aquela era a primeira visita científica ao arquipélago rochoso e deserto. O cirurgião-mor não conseguiu disfarçar a sua fúria. E se as redes dispostas em armações, num dos bordos do *Beagle*, para recolha de animais e organismos marinhos, durante a viagem, já o vinham incomodando, a irritação subiria de tom, logo na chegada ao Rio de Janeiro. McCormick deu-se conta de que os carpinteiros da tripulação começaram a fabricar caixotes para Charles embarcar as suas peças para Inglaterra, seguindo as vias e a expensas do Admiraltado. Imaginou que a chegada da coleção de Charles a Inglaterra iria arrasar as suas expectativas de sucesso, que ficariam para trás nas novidades encontradas pelo jovem naturalista. Uma afronta inconcebível. O cirurgião fechou-se na sua cabina e pensou numa solução. Pensou no pai, também cirurgião-naval, que havia morrido no mar, deixando a família na pobreza. Irlandês, tal como o progenitor, vira na Marinha as possibilidades de carreira que lhe eram negadas noutras posições. Ao contrário do jovem Charles, ele não tinha o dinheiro da família que lhe pudesse valer na conquista de lugares de prestígio. Recordou a frieza de Robert Fitzroy. Chegou rapidamente à conclusão de que a humilhação que aquele capitão emproado o submetia — neto do primeiro marquês de Londonderry, domínio inglês na sua Irlanda natal — não iria continuar. Em abril desse ano, McCormick pediu a transferência para outro navio e regressou a Inglaterra, após adquirir um papagaio de penas vermelhas e amarelas. Charles veria no olhar de Robert Fitzroy o mesmo alívio. Escreveria depois a Caroline, "Não deixa falta alguma".

Todos comentavam a mudança na paisagem da ilha. As ribeiras tinham descido do interior e correram em direção ao mar durante semanas. Algumas cachoeiras ainda deitavam água, para deleite das crianças. O inglês observou como, ali na praia cinzenta, um grupo de pescadores remendavam as suas redes executando os gestos numa profunda abstração, os fios presos com os dedos dos pés, e conversando uns com os outros. Charles estava encantado. Afinal, nem tudo era desolação em Santiago. Sob aqueles vales de lava e sedimentos milenares, a vida na ilha também se renovava. Marcelino convidou-o a conhecer a sua casa. O jovem estava bastante crescido. Em cinco anos engrossara a voz e agora era um homem feito, chefe de família. Para além dos gestos, Charles identificou nele o andar do pai e a condição parcimoniosa do velho malhado. "E Musters?", perguntou Marcelino. Estava muito curioso por saber das aventuras vividas pelo amigo marinheiro em terras tão estranhas, durante todos estes anos. Já devia ter sido promovido, comentou. E devia estar um homem.

Musters tinha sido um dos melhores elementos da tripulação. Acompanhara Charles em várias expedições; atravessaram campos e florestas brasileiras, caminharam dias seguidos pelo interior do sertão e da mata atlântica. Estava destinado a ser um belo naturalista, com a vantagem, acrescentou Charles, de ser um ótimo ilustrador e poder registar as suas próprias observações. Depois da Bahia, continuou ele a contar, o *Beagle* desceu a costa brasileira até ao Rio de Janeiro, onde permaneceram por dois meses. Charles arrendou uma pequena casa, em Botafogo, próximo da baía, para trabalhar nas suas notas científicas e no diário. O capitão Fitzroy aproveitou a paragem para mandar pintar o interior do *Beagle* e dispensou parte da tripulação, durante alguns dias.

Os homens libertaram-se da fadiga de semanas de mar e mergulharam na luxuriante paisagem que envolvia a baía do Rio de Janeiro. O voluntário Musters juntou-se a um grupo e decidiram fazer uma expedição pela frondosa baía e a seguir subiram o rio Macacu e foram conhecer as ilhas que existiam no seu leito, várias léguas a montante. O dia estava bastante quente. Musters e alguns elementos da tripulação passaram a tarde a refrescar-se nas águas do rio, contrariando as ordens do capitão Fitzroy. Caçaram alguns animais, fizeram uma fogueira e resolveram pernoitar nas suas margens. No dia seguinte, Charles viu como chegaram revigorados e bastante entusiasmados. Dois dias depois, o marinheiro Morgan, de que Marcelino se lembrava muito bem por assobiar canções inteiras e mostrar-se sempre valente, tendo, inclusive, empurrado, por mera brincadeira, um soldado para as águas da baía da Praia, queixou-se de febre e de dor de cabeça. Seguiram-se Jones e Musters, com os mesmos sintomas e queixas. Para além disso, nada mais houve que pudesse levá-lo a pensar que alguma coisa não estava bem. Os dias foram passando e os doentes não melhoravam. O capitão Fitzroy e o novo cirurgião de bordo concordaram que uma mudança de ares, logo que o *Beagle* se fizesse de novo ao mar, seria o suficiente para restabelecê-los.

E assim zarparam, para voltar a subir a costa brasileira, até à Bahia. Mas Morgan e Jones morreram, logo depois, com poucos dias de intervalo. Musters também não resistiu à febre e aos delírios e morreu, causando grande consternação e dor na tripulação, em especial no capitão Fitzroy, a quem o rapaz de doze anos havia sido confiado pelos pais. Dias antes, Musters recebera a notícia da morte da sua mãe, em Inglaterra. Foi enterrado na Bahia. Terminava, assim, a curta carreira do jovem voluntário, disse Charles. Marcelino mal conteve as lágrimas.

Charles transpôs a porta da casa onde o jovem Marcelino morava com a mulher e os seus dois filhos. Deu-se conta de que era a primeira vez que visitava aquela que também fora a casa do seu amigo Siríaco. Tinha um pequeno quintal pavimentado com lajes de pedra, de onde se erguia um pé de tamarindo e uma roseira em flor. A sala tinha uma mesa robusta e quatro cadeiras de madeira, e ainda um armário e uma estante. Numa das paredes estavam pendurados retratos a carvão de um Marcelino ainda criança e de uma˜ mulher nova. Era Aurélia, disse-lhe Marcelino, a sua falecida mãe. Entretanto, chegou uma rapariga alta, magra e tímida, com um ligeiro defeito num olho. A mulher de Marcelino. Tinha um menino amarrado num pano às costas, e outro pela mão, de nome Júlio, apresentou Marcelino. O inglês pegou nele e levantou-o no ar, brincando com ele, seguido de um chorinho pela surpresa. Depois de o colocar no chão, Charles reconheceu um desenho pendurado numa outra parede. "É o baobá de Trindade", disse-lhe Marcelino. "O meu pai desenhou-o." Charles analisou o desenho de perto. "É uma das melhores reproduções que já vi de uma árvore", respondeu. Marcelino não escondia a venturosa serenidade. O inglês continuou a admirar o desenho. E, virando-se para ele, disse-lhe que talvez voltassem a visitar Trindade e a árvore milenar. "Há lugares que nos passeiam pelos olhos para nunca mais saírem." Durante as suas viagens expedicionárias pela América do Sul, recuperara muitas vezes a memória destas primeiras incursões pelas terras secas e ermas da ilha, onde se estreou como naturalista. A imagem de Musters voltou a cruzar-lhe o espírito.

    Fora também ali, em Santiago, na companhia do jovem voluntário, que lhe viera a ideia de escrever um livro sobre a geologia das terras encontradas durante a expedição do *Beagle*.

Estabelecera o âmbito do trabalho que se propunha fazer, a direção a dar às suas ideias e a natureza das suas observações. Haveria já nele uma espécie de arquitetura subconsciente dos tomos que iria escrever a partir daquela aventura? Por vezes, experimentava uma agradável sensação, como uma gravidez de uma espécie literário-científica, decorrente daquela viagem. Tudo estava nas suas anotações, às quais iria dedicar-se nos próximos anos — se a saúde assim o permitisse. A irmã Caroline identificara-lhe traços de genialidade, que ele tomava sempre como brincadeira e exagero do amor fraterno. Estava tudo contido, dizia ela, no poder de expressão do irmão mais novo, nas suas convicções de jovem naturalista. Era um homem decidido a fazer da sua pessoa um cientista de sucesso, contando com o seu caráter modesto e polido, mas convincente e brilhante. O aluno mediano propunha-se a inserir o seu nome entre o daqueles professores e pesquisadores que tanto admirava. Nas suas anotações, ele próprio conseguia detectar certo efeito de luz ou temperatura de um local ou descoberta extraordinária, registados com emoção. O estilo da prosa teria de acompanhar o seu pensamento, sem perder de vista a linha do raciocínio científico. Charles lia, incansavelmente, Humboldt e Milton, confirmando, com todos os sentidos, o poder atrativo dessa primeira desobediência, no Paraíso, e a queda em desgraça, a punição divina, dos seus ilustres habitantes.

 Seguiria igualmente os conselhos do capitão Fitzroy e publicaria o seu diário. A sua redação final, independentemente da forma, exigiria um plano sistemático e descritivo. Talvez acompanhado por um conjunto de ensaios sobre o modo de vida de alguns povos que visitou, evidenciando o grau de desenvolvimento civilizacional e a adaptação às condições do clima das suas regiões. A Humanidade era ainda mais admirável do que ele pudera imaginar. Mas as notas não explicavam tudo. Serviam apenas de bengala para atravessar o mar do esquecimento que milhares de milhas marítimas poderia causar. Paisagens podem também caminhar nos olhos do viandante, especialmente quando ler e escrever são a atividade favorita deste. Perseguira-o a vontade ardente da descoberta, o abismo a transpor entre a vida, a espécie nova e sua identificação para catalogá-la. A sensação desesperada de que essa nova planta ou criatura, a mais deslumbrante possível, o espera lá nos confins da mata ou sob um rochedo milenar. Os seus pensamentos empurravam-no na direção de um mundo talhado de acordo com as suas expectativas. Na sua casa em Botafogo, onde os dias decorriam no maior prazer de uma existência tropical, redigira já as primeiras frases daquilo que poderiam vir a ser invólucros de descobertas fascinantes. Gozava também da companhia de Augustus Earle, o desenhador da expedição, que fazia as vezes de guia pelos locais mais interessantes do Rio de Janeiro, igrejas, catedrais de estilo barroco e paisagens deslumbrantes.

Por vezes, durante uma longa travessia, na companhia do vento e à luz das velas, não conseguia decifrar mais as palavras. Era quando o pensamento mergulhava na espiral dos enganos da vigília. A ponta da pena tremeluzia sobre a folha e o livro caía-lhe, abandonado, sobre o peito. Uma simples frase podia despertar-lhe uma viagem pela memória de longas horas ou mesmo dias, sob o sol inclemente ou empurrado por ventos gelados, apenas para ver uma árvore, um cume, um fóssil ou um réptil. Haveria dúvidas sobre locais e pessoas, naturalmente, inadequação de um relato, confusão de nomes, que mais tarde seriam resolvidos. Covington, o seu criado e ajudante pessoal, mostrara-se bastante competente ao clarificar-lhe passagens inteiras destituídas de qualquer sentido; incongruências, imprecisões, entre linhas rasuradas de uma escrita já arrastada, no final de um dia de extraordinário esforço. A escrita era o único antídoto contra os enjoos, que o vinham atormentando desde que deixara Devonport. Apesar de todos estes anos de mar, ainda ficava num estado de prostração miserável. Se o viessem buscar para o atirar pela borda fora, de certeza se deixaria conduzir como um cordeiro, sem oferecer qualquer resistência. Na escrita e na leitura conseguia a estabilidade mínima. Serviam-lhe, ao mesmo tempo, de luz de guia nessa indisposição permanente, a qual levara o índio fueguino O'rundel'lico a sentir pena dele, *"poor fellow, poor fellow..."*

Marcelino dirigiu-se para uma caixa de madeira que estava no cimo de um armário e colocou-a sobre a mesa. Limpou a poeira que a cobria e tirou a tampa. Charles viu surgir na sua frente uma réplica perfeita da fragata *Beagle* que o deixou com um sorriso. Tinha sido feita por Siríaco.

MARCELINO ACOMPANHOU-O PELAS RUAS da vila da Praia. O inglês recuperou a linguagem e o ritmo de vida da pequena povoação: os sons, cheiros e sabores quotidianos, os mesmos pedintes, cegos e estropiados, os mesmos aleijões. Charles achava que era uma realidade que merecia fazer parte de livros, para que nos países civilizados pudessem conhecer outras faces do mundo, rompendo essa neblina impenetrável do desconhecido. Seguiram conversando, parando para que o inglês observasse melhor algum pormenor que lhe escapara na primeira visita. Marcelino herdara do pai a curiosidade e algumas dezenas de livros. Era um homem novo e bem formado, com ideias firmes e de personalidade forte. Na manhã seguinte, juntou-se a Charles e ao capitão Fitzroy e caminharam para poente até encontrarem a ribeira de penetração que levava a Trindade. O tempo estava claro e fresco. Uma cortina de nuvens rasgava-se na sua frente, empurradas pelo vento, que, por sua vez, levantava uma espécie de poeira cintilante na estrada. A meio do trajeto, Charles experimentou a sensação de alívio por se ver livre do peso de uma existência inocente, em contraste com aquela embriaguez de conhecimentos com que retornara das terras austrais. Marcelino interrompeu-lhe os pensamentos. Faltava-lhe matar outra curiosidade, encubada no seu espírito desde que viu o *Beagle* aproximando-se da vila da Praia. Os seus novos amigos, El'leparu, O'rundel'lico e Yok'cushly, haveriam de estar entre o seu povo, na Terra do Fogo, ajudando-os a ser bons cristãos, na companhia de Mister Richard Matthews, como desejavam, disse Marcelino, enquanto subiam a ribeira. Disse-o num tom de voz que qualquer um entenderia mais como um desejo de que nenhum deles tivesse morrido, também, durante a viagem. Não tinham morrido, disse-lhe Charles. Mas ele duvidava de que estivessem verdadeiramente felizes.

Tinham-se passado mais de três anos desde que os três fueguinos desembarcaram na sua terra, nos seus trajes ingleses. O'rundel'lico destacava-se com as suas luvas de pelica e camisa branca, colete e casaca, chapéu alto, o cabelo curto e alisado, sempre preocupado com o brilho dos seus sapatos. Yok'cushly, como comentou o capitão Fitzroy com Charles, desenvolvera-se muito, desde que a levara dali para Inglaterra. Era agora uma rapariguinha de treze anos. A chegada do *Beagle* fora acompanhada por enormes fogueiras acendidas nos promontórios da costa, por onde passavam. Charles contou que reparou como o seu lento trajeto ia sendo acompanhado por homens com o corpo pintado de branco e vermelho que corriam velozmente pelos estreitos, com as cabeças baixas, gritando como demônios alucinados, seguidos pelo eco das suas vozes. Eram as boas-vindas ao mundo frio e selvagem revelado por

Fernão de Magalhães, três séculos antes. E a terra natal daqueles três improváveis passageiros. Nada parecia ter mudado desde que o navegador português por ali passara. A civilização não havia ainda chegado a uma região onde os deuses pagãos pareciam reinar e digladiar-se por aquelas encostas e naquelas águas tenebrosas. As montanhas, em volta, precipitavam-se, abruptamente, para o mar cinzento, assim como gigantescos glaciares, tão rudes e dantescos quanto a própria fisionomia dos seus habitantes. Mas as noites podiam ser tranquilas e de uma calma solene, como ele registou, ouvindo-se apenas um ou outro cão latindo e o ressonar dos homens no *Beagle*. Nada do que tinha então visto lhe pareceu tão primitivo nem tão glamourosamente bárbaro. A brutalidade dos seus habitantes era inquestionável. Não menos, disse, daquilo que se podia esperar das terras do fim do mundo.

Os gritos hostis de homens, isolados nos picos mais altos dos rochedos, continuaram pelos dias seguintes, até que o capitão Fitzroy mandou fundear na Baía do Bom Sucesso e estabelecer o contato com os indígenas. Estes mostraram-se bastante amistosos. Aceitaram os presentes do capitão e bateram, calorosamente, no peito de Charles, Fitzroy e dos restantes marinheiros, em sinal de reconhecimento. Apesar da animação que decorria na praia, com os índios rindo das danças e das canções dos marinheiros, os três fueguinos ficaram chocados e envergonhados com os hábitos e o aspecto bárbaro dos seus conterrâneos. El'leparu chamou-lhes macacos e sujos, para espanto de Charles e Fitzroy, que testemunharam como estes, visivelmente incomodados, se afastavam dos restantes indígenas. Nessa noite, Charles escreveu a Caroline contando a experiência inesquecível que foi presenciar o efeito da civilização face à barbárie. Os três índios, agora anglicizados, tinham olhado com repugnância para aqueles homens de cabelos desgrenhados, seus semelhantes, de corpo pintado e comportamento ininteligível. Yok'cushly até procurou a proteção de El'leparu quando alguns se aproximaram dela. Charles confessou que naquele momento deixou de ver os três como índios, mas sim como europeus. Dez meses em Londres tinham conseguido aquilo que milhares de anos na Terra do Fogo não conseguiram. Mas os maneirismos ingleses dos fueguinos não eram as únicas contradições testemunhadas pelos tripulantes do *Beagle*. Marcelino perguntou a Mister Charles como poderia alguém esquecer-se da sua própria língua materna em tão pouco tempo, ou ficar impassível perante a notícia da morte do pai, como O'rundel'lico.

Para Charles ficara claro que nem Matthews nem os promotores ingleses daquele projeto evangelizador tinham a mínima ideia do território onde iriam instalar a missão. Começando pelos artigos que os homens transportaram, em caixas, para a cabana de madeira, entretanto erguida: terrinas de sopa, taças de vinho, chávenas e bules para o chá, caixas de mogno com vários vestidos, toalhas de mesa de bordados, chapéus de pele de castor. Depois de prepararem a terra e semearem uma pequena horta, o capitão Fitzroy e o resto da tripulação despediram-se de Richard Matthews, desejando-lhe sorte e esperando que na próxima passagem as tribos vizinhas já estivessem seguindo a palavra de Deus. Mas um mês depois, quando o *Beagle* regressou, foram recebidos por um Matthews desesperado, que correu para a praia e entrou no bote e se recusou a voltar a terra. Os índios da região tinham assaltado a missão, contou, levando consigo tudo o que podiam, incluindo os vestidos de renda e as chávenas e os bules para o chá. Da próxima vez matá-lo-iam, disse. Fitzroy recolheu Mattthews a bordo. Os fueguinos foram desembarcados noutra região, junto dos familiares de O'rudel'lico, para tristeza e alguma apreensão de Charles e a relutância do capitão Fitzroy, que via assim o seu projeto adiado. O *Beagle* contornou o resto da costa da Patagônia, prosseguindo a sua missão científica, levando a bordo um sentimento geral de impotência e melancolia.

O velho baobá da Trindade estava agora coberto de folhas verdes. Desta vez Charles não lhe viu nada de tão espetacular. Mas ficara-lhe o afeto e a memória.

 A notícia da morte do seu amigo, o velho malhado, deixara-o desgostoso. Marcelino tentou explicar-lhe como tinham sido os seus últimos dias, embora fosse impossível, contou, entrar na cabeça do pai. Assim como as palavras iluminam pensamentos, outras há que contêm em si toda a antecipação do fim. À medida que o tempo passa e que os derradeiros dias se aproximam, somos levados a criar uma intimidade nova, em que o gosto por determinadas coisas, outrora indispensáveis, se desagrega. Por vezes, Siríaco confessava que tinha saudades do inverno, daquele frio de Portugal, contou Marcelino. O frio causava aquela embriaguez envolvente e estimulante. Agora, havia não uma embriaguez, mas um receio de declínio, aliado ao pavor de que a memória o começasse a abandonar. Relatou um episódio que o pai lhe contara, ocorrido em Lisboa. Na palma da sua mão, uma cartomante disse-lhe que podia ver-lhe não só o coração, mas também a forma do seu universo.

Era uma cigana do bairro de Alcântara, a quem ele permitira que lhe lesse as linhas da vida e da morte, muitos anos antes. Mas a mulher ficou muda logo depois de Siríaco insistir em saber que voz era aquela que ele escutara no leito da morte, na casa das Senhoras Teixeiras. Se lhe podia dizer se essa voz estava viva ou morta, se tinha dono ou se estaria previsto o seu regresso. Perante o espanto da cigana, Siríaco recolheu a mão, num gesto rápido e decidido. A claridade da tarde e a brisa que vinha do Tejo contrastavam com a matiz do seu rosto perturbado, quando abandonou a tenda. Seguiu pela rua, apertando a mão escrutinada, num ato de pudor. Recordou os vasos de flores, em volta da tenda, de uma variedade rara, vermelhas como o sangue e de outras cores alegres, que só deviam florescer no final do verão. Ouvia ainda as últimas palavras da cigana, antes de abandonar a tenda: "A memória e o esquecimento não são contraditórios, pois juntos constituem o pleno. O esquecimento é um desejo de futuro..."

Na vila da Praia, as coisas tinham começado a mudar. Os apoiantes do partido liberal e os absolutistas intrigavam entre si; todos difamavam todos, numa espécie de fogo em palha seca. O clima de desconfiança era cada vez maior e um fardo difícil de aliviar. Os muitos degredados enviados pela metrópole para Santiago, entre eles apoiantes de D. Pedro, homens tidos como de índole perigosa e perversa, causavam distúrbios e envenenavam as mentes dos locais, na opinião de Siríaco. Os outros líderes eram exímios em azedar os espíritos dos indecisos, mas a pobreza continuava a ser a mãe de todas as privações, apesar dos discursos pomposos e aparentemente bem-intencionados.

Nos últimos tempos, Siríaco sonhava com a morte do pai, José Leocádio. Via-o estendido no esquife de madeira, num sonho recorrente. Também ouvia o choro trêmulo e baixinho de Thomázia, sua mãe, e a passividade inquietante dos irmãos e de outros escravos. A sua incapacidade natural para chorar a morte incomodava profundamente Thomázia. O olhar de desprezo que ela lhe lançava fazia-o sentir-se penosamente pouco à vontade, sem que o pudesse evitar. O coronel Floriano de Oliveira ordenara o enterro imediato de José Leocádio. O surto da cólera-morbo custara-lhe quinze escravos, entre homens e mulheres, metade da sua mão-de-obra ativa no engenho. D. Victoriana fechara-se no quarto. Rezava o tempo todo, apavorada pela doença. Siríaco correu pelos campos em volta, com os olhos úmidos e temendo as fúrias súbitas da mãe. Estas memórias de infância ocupavam grande parte das cartas que escrevia para Mister Charles. De certa maneira, a morte do pai estava ligada à sua partida do engenho. Mas só muitos anos mais tarde é que ele conseguiria estabelecer a ligação da sua venda ao governador-geral da Bahia com a epidemia de cólera-morbo. O coronel Floriano de Oliveira fora obrigado a vender também parte da maquinaria do engenho para pagar os juros de dívidas. Siríaco recordava um vago gesto de carinho do pai, numa noite em que ficara doente, ainda bastante novo, o tom assertivo da sua voz e o olhar ausente. Provavelmente um pouco submisso aos desmandos de Thomázia. Talvez tudo isso não fosse mais do que a recordação que tinha da última vez que pensara no assunto e, de cada vez que o evocasse, a lembrança do rosto de José Leocádio não recuasse mais do que essa última imagem que ele tinha guardado, e a primeira de todas as memórias do pai, a verdadeira, por fim, já não representasse mais a realidade, já se tivesse diluído nas voltas do tempo e da memória. O velho sentia que o tempo dos homens só podia suster-se por estas coisas há muito caídas no esquecimento. Como a mão de José Leocádio acariciando, suavemente, a sua testa.

Vivera os seus primeiros anos da infância com aquela cegueira da felicidade, que o ajudava a aliviar o olhar dos outros. Vinham-lhe à memória os passeios e as brincadeiras pelos campos do engenho, com outras crianças. Costumavam tomar banho no rio, onde ficava a ver as barcas carregadas com os cones de açúcar, que desciam, depois, durante a maré cheia, até às cidades na foz do rio Aracaju. Outras vezes ia ver a moagem da cana e a fervura do caldo e comer rapadura. Certa noite sonhou também com Germana, escrava negra corpulenta, que se afeiçoara a ele — juntamente com Vicência, assumira-se como uma espécie de madrinha — e que durante as festas de São João dançava e rebolava as coxas, para, no final, embebedar-se, furiosamente, com aguardente. Eram precisos vários homens para a carregarem para a senzala. Tudo acontecia ao som da melodia das últimas cantigas, que ele sentia arquejando e se desvanecendo na noite, misturadas com o ruído dos animais.

O velho Siríaco adormecia, de olhos mourejados, olhando como a paisagem do tempo se afundava no seu espírito, que ele captava com um olhar interior. Um olhar sinóptico, que ele nunca sabia se seria o último.

50

Em todas as idades se morre, escreveu. Podia ter-lhe acontecido em Cotinguiba ou em Salvador. Em Lisboa ou no mar. E por que não em Santiago de Cabo Verde? A memória do rosto de Thomázia há muito que se lhe tornara difusa, como uma pintura desbotada. Talvez gostasse de a rever, nos instantes que antecedessem a sua morte. Tinham passado mais de cinquenta anos desde que a vira pela última vez. Imaginava-a rapariga nova, muito antes de ele nascer e do castigo que lhe vazara o olho. Ajudava-o a combater o luto permanente em que a vida se lhe tornara desde que deixara o Brasil. Desde esse momento, vivera com a sensação de carregar uma ferida fechada excessivamente depressa, que continuava a reabrir. Mas agora também lhe vinham à memória os frutos de outono dos pomares da rainha. Recordava-se como, juntamente com o índio Marcelino de Tapuia e os anões africanos, dedicara algumas manhãs, na companhia dos trabalhadores, a apanhar a fruta caída para um cesto: marmelos, nêsperas, romãs, figos e castanhas, com que Domingas e as cozinheiras do paço preparavam as tartes. A acreditar nos outros, era um rapaz forte, capaz de transportar vários cestos de vime.

Ao preparar-se para dormir era a morte que ele pressentia rondar pela casa. Sentia-a instalando-se, comodamente por ali, como um novo inquilino. Olhava com desprezo para cada sinal do seu avanço, no seu corpo flácido de animal velho, atento ao esforço que já lhe iam custando alguns movimentos. Sem falar na tosse cadavérica que parecia fazer já parte de si. O corpo, outrora sólido, dava sinais de fadiga, recusando-se a obedecer. Ganhava uma preguiça fácil, mas que não o impedia de sair para o seu passeio matinal, ao longo da murada da vila. Certa vez, passou por um grupo de soldados que açoitavam um escravo ladrão e depois um soldado indisciplinado, a mando do governador. Viu como os açoites faziam vergar os homens e a massa de sangue e da carne esfacelada se formava sobre os lanhos provocados pela chibata. Mesmo tendo já presenciado aquele espetáculo, por diversas vezes, voltou a cara para impedir o vômito que lhe subia. Os dois homens flagelados continham os soluços de dor.

Nos últimos tempos, fechava-se em casa, procurando reconstituir, de memória, as rotinas do Real Paço de Belém, as viagens com a rainha, na companhia dos anões. Enquanto isso, lá fora, na vila e pela ilha de Santiago, falava-se de política e das ações que estariam para breve. Mas para ele, a estupidez exibia-se, lado a lado, com a incompetência daqueles que se achavam os salvadores da pátria. Identificava decrepitude e podridão nesses açambarcadores da esperança, que se apresentavam, arrogantemente, com toda a casta de argumentos.

As suas ideias não eram mais do que uma capa que cobria as desmesuradas ambições pessoais. Duvidava, confessou certa vez a Marcelino, se estariam a levar em conta o desespero do vivente perdido. O clamor vociferado dos políticos da terra não era mais do que egoísmo. Na verdade, chegava a comentar, só queriam passar por cima de todos, incluindo esses miseráveis que haviam sobrevivido à fome, à miséria e ao abandono. Que sonhos ocupariam os seus sonhos? Qual a substância da sua hipocrisia?, perguntava. A causa de tudo aquilo eram aqueles dois meninos especiais, D. Pedro e D. Miguel, que continuavam a correr, inocentemente, pelos corredores da sua memória. Recordava-os ainda de cueiros e narizes pingando, ou montados sobre as suas costas, fazendo ele de cavalinho, ou ainda com as amas pelos pátios do Palácio de Queluz. Outras vezes, deixava que lhe tocassem na pele e lhe pintassem mesmo o corpo, como numa tela viva. Raramente viam a sua mãe, D. Carlota Joaquina, que só os visitava pontualmente, na companhia das suas duas negrinhas. Passavam o tempo com a avó e as amas, e a brincar pelos longos corredores do palácio. O destino tornara-os fraternos inimigos. Os dois meninos tinham mergulhado o reino numa guerra civil. Havia gente a lutar e a morrer em seu nome, de norte a sul. Havia também muito ódio e difamação pelas ilhas.

51

O PAI DEIXOU CRESCER UMA BARBA BRANCA, que lhe tornou o rosto magro e mais rude, contou Marcelino. A face ficou mais ausente, mas o olhar conservava o fogo do seu escrutínio. Passava as noites escrevendo, tomando notas, em silêncio. Marcelino viu, com muita satisfação, quando Siríaco aprofundou essa amizade outonal com Pereira, o boticário da vila, de quem passou a apreciar as virtudes e a dedicação aos mais pobres. Pereira inquietava-se, igualmente, com a propagação de certas ideias políticas por entre a população das ilhas, duvidando se estas estariam preparadas para isso. Partilhava com Siríaco e Marcelino os seus pontos de vista sobre a indiferença que existia no mundo pelo sofrimento da gente simples. Acreditava profundamente nas suas virtudes e era sensível aos seus destinos. Dizia-lhe, entre baforadas do cachimbo e uns goles de café, que, em muitos aspectos, o pensamento dos homens políticos portugueses, no reino e ali nas ilhas, lhe parecia limitado. "Meu caro Siríaco, a baixeza de alma acompanha sempre a mediocridade e o egoísmo." As suas opiniões já lhe haviam trazido alguns problemas com as autoridades, os "espíritos baixos", como ele lhes chamava, e desconfiava de que alguém estaria a mexer-se de forma a afastá-lo, definitivamente, das ilhas de Cabo Verde. "Os poderosos irritam-se sempre quando alguém mais esclarecido lhes descobre a presunção e a estupidez. Mas, quer queiram quer não, os governos existem para servir os homens e não para os esmagar", defendia.

Por vezes, o boticário evocava a recordação deslumbrada de um jardim botânico e Siríaco via-lhe a satisfação no olhar, perdido nas suas lembranças, no seu sentido de continuidade e pelas coisas da natureza. Uma manhã, Siríaco disse-lhe: "Há momentos em que dou por mim a pensar em coisas que eu próprio não sei de onde vêm: quantas pessoas já habitaram esta ilha, entre as que estão vivas e as que já morreram?, e quantas habitarão no futuro?; quantas plantas cresceram e morreram neste solo, quantas chuvas?... quanto pesa a ilha e por que há pessoas que se parecem muito com outras, quando nenhum grau de parentesco as liga?" "Está a ver?", respondeu o boticário Pereira. "É por isso que lhe tenho afeto e me agrada a sua companhia, amigo Siríaco. Pensa coisas fora do comum. Somos instruídos pelos nossos próprios instintos e erros, meu caro. Essas são virtudes aprendidas na vida. No meu caso, vivo atravessado por parágrafos e páginas melancólicas de certa literatura, por crepúsculos velados de tristeza. Acontece-me rever, também, paisagens da minha infância, campos de papoilas da província ou o mar encrespado junto às arribas. Sou um homem simples, apaixonado pela beleza, em todas as suas formas. E hoje faço tudo para multiplicar os recursos desta terra pobre em vegetação."

Siríaco ficara fascinado quando Pereira lhe revelou que conseguia ver as plantas e as flores do seu herbário como famílias. Era capaz, inclusive, de apontar, uma a uma, e dizer quem descendia de quem, pais, filhos, avós… Falava dos rebentos como se de bebês se tratassem. Descobria tios e primos pelos vasos do quintal. E era capaz, acrescentava, de lhes ver o estado de saúde pela cor das folhas e a robustez do caule. Apalpava-as como um médico a um paciente. Sabia a origem de cada uma e o percurso que terão feito até chegarem às ilhas de Cabo Verde. Dizia-lhe, apontando, "Esta veio da Europa, esta da Ásia, esta da América do Sul e estas da África Continental". Guardava, igualmente, bolsas com sementes, algumas verdadeiramente mágicas, assegurava, cujos rebentos ele não sabia ainda como lidar; algumas eram de frutos exóticos, outras de plantas rasteiras oriundas do Japão e da Sumatra, malignas e venenosas. Siríaco terá, inclusive, pedido algumas para semear nos canteiros do seu quintal. Mas o boticário recusou, peremptoriamente, duvidando que o amigo, apesar da boa vontade, pudesse assegurar uma vida sã às plantas. "As plantas não são papagaios, tartarugas ou macacos, meu caro", disse-lhe. "Algumas são mesmo acometidas pela dor de crescimento e sentem, inclusive, enjoos… Como iria resolver isso?" Siríaco aquiesceu, estupefato com aquela ideia, de que nunca ouvira falar. "A dose de sol e a quantidade de água de que cada uma precisa também difere de planta para planta, amigo; é preciso conhecer a sua história e a da família e de onde provêm, para então alimentá-las convenientemente." Depois, acrescentou: "Não duvide, meu amigo, elas também são capazes de sentir..." Siríaco avaliou o aspecto de algumas, ali por perto. Concordou que havia plantas e flores felizes e outras com vidas profundamente depressivas e entediantes, mesmo.

O perfil delicadamente curvo do boticário Pereira e o rosto largo de maçãs salientes lembrava a Siríaco alguns cirurgiões que tinha visto na corte, em Lisboa. Admirava-lhe a vida ponderada, a forma como se dedicava firmemente ao seu ofício e desempenhava as suas funções com o máximo prazer. Mantinha uma certa agilidade de espírito que o cativava. A dada altura, deu-se conta de que o boticário Pereira era o seu único e verdadeiro amigo. A sua abertura permitia-lhe aprender com ele. Pereira podia ser, igualmente, divertido e profundamente irônico. O que mais temiam dele, dizia, era que preparasse algum veneno a quem quisesse livrar-se de um inimigo ou adversário político. "É grotesco, mas é real, meu caro amigo. A partir de certa altura, não imagina, ficam todos obcecados pela morte."

Ficara curioso por saber mais sobre a arte do empalhamento das aves e de outros animais. O boticário adquirira a um comerciante do Pará, de passagem pela vila da Praia, um papagaio de plumagem cinzenta e bico azul, que se irritava particularmente com a presença de estranhos em casa. Tentara, em vão, ensinar-lhe algumas palavras de português e de francês. Mas o animal mirava-o, de uma forma arguta, e por isso assustadora, como se tivessem invertido os papéis. Confessou-lhe que tinha planos para embalsamá-lo logo que morresse e colocá-lo no mesmo poleiro. Secretamente, Siríaco sentia vontade de esganar o animal e antecipar-lhe esse momento. Ao lado dos lagartos, guardados em frascos de formol, tinha uma coleção de conchas, caranguejos, estrelas-do-mar, esqueletos de peixes e mandíbulas de tubarões, algumas penduradas, outras expostas em caixas de vidro e nas gavetas de uma cômoda de mogno. Desde que chegara à ilha, embalsamara quatro garças e dois gatos selvagens, e estava no processo de iniciar uma coleção com pássaros locais e galinhas-do-mato. As coleções de borboletas e de morcegos, que trouxera de Lisboa, ocupavam grande parte de uma das paredes da sala, onde passava algum do tempo em que não estava na botica, atendendo clientes, ou no herbário do quintal. Siríaco ficava largos minutos a observar cada um dos animais expostos e as suas expressões tão reais como se continuassem vivos, detendo-se nas mariposas, analisando-as, atentamente, as suas linhas, redondas e oblíquas, manchas e pintas, as nervuras que atravessavam as cores vivas, amarelo, azul, dourado, açafrão, enquanto ouvia de Pereira a descrição dos locais de onde eram originárias, das matas e dos prados, das várzeas e dos pântanos quentes. "Todos os dias, logo pela manhã passo os olhos por cada uma delas. Falo com as mariposas e os gatos, e termino ouvindo o seu voo noturno pelo meu quintal."

CERTO DIA, SIRÍACO OUVIU UM ESPANHOL falar sobre um inglês chamado Darwin, que lhe comprara algumas aves, papagaios, catatuas e araras, em Montevidéu, estando em viagem para o sul. O velho alegrou-se com as notícias do amigo. Reviu a figura de Mister Charles, com os olhos postos na meia dúzia de corvos que esvoaçavam na luz do entardecer, pairando como pedaços de fuligem. Uma vez por outra, desenhava-se com inteira clareza, no seu pensamento, um passeio pelas achadas em volta da vila da Praia e a voz de Mister Charles conversando, alegremente, por entre passadas largas. Sob as suas observações, tudo ganhava cor e brilho, mesmo lá onde Siríaco não conseguia ver mais do que a habitual paisagem lenta e árida, quando o pouco verde das plantas mais resistentes já se transformara em palha seca e o azul do mar, ao longe, juntamente com o céu, era a única fonte de vida vibrante. Via-o, também, do alto do planalto, sobre a baía, e nos seus passeios por entre as poças de água e os pequenos lagos que se formavam na costa, não longe da vila, junto das rochas, os seus comentários sobre o seu brilho iridescente ondulando à superfície, na claridade da tarde. As memórias eram como uma latência de morte. Aguardava, com entusiasmo, a passagem do *Beagle* por Santiago, a caminho de Inglaterra, como o naturalista lhe havia falado, apesar de já terem sido largamente ultrapassados os dois anos previstos para o término da viagem. As coisas, é sabido, nem sempre acontecem como estão programadas. Pensava nas chuvas que caíam e depois deixavam de cair, por longos períodos de tempo, num capricho da natureza. Havia anos em que as nuvens descarregavam tudo sobre o mar, perante a impotência dos habitantes das ilhas, restando-lhes de consolo apenas o fresco ar salgado enxotado pelo vento na sua direção.

Por um certo período, Siríaco redescobriu a paixão pelos pombos. Possuía também uma coleção de pássaros em gaiolas, espalhadas pela casa e o quintal. De vez em quando esquecia-se da tartaruga, que lhe haviam trazido de Gorée, e que tinha o hábito de desaparecer, durante meses, para de repente voltar a atravessar o quintal, numa lenta estirada. O velho passava agora o tempo a consertar as tabuinhas do pombal e a observar os pombos machos na sua corte, perseguindo as fêmeas pelos beirais mais próximos. A ornitologia e a aptidão destas aves para o voo e a sua capacidade de orientação fascinavam-no desde os seus tempos na corte real, com a paixão do príncipe herdeiro D. Jozé, quando se deslocavam a Salvaterra de Magos ou a Vila Viçosa, para os verem percorrer a vastidão dos céus do Alentejo. Como agora, passava horas intermináveis a observar os seus movimentos e o seu voo, em bando, ou solitários, acelerando e mergulhando no espaço. Contara ao filho histórias de pombos largados em alto-mar, no meio de tempestades, ou de desertos, e que haviam conseguido descobrir o caminho para casa. Nos últimos tempos voltara-lhe esse fascínio pela liberdade dos ares, do domínio dos céus, o vento nas asas, livres de falcões ou de outras aves de rapina, dando a perceber que o tempo do mundo estava do seu lado. Por isso, os seus dias decorriam com ele sentado no quintal, vendo o tempo andar para trás, enquanto os pombos esvoaçavam e o crepúsculo avançava sobre o bosque da Várzea.

Depois de cair a noite, um ponto de luz de uma vela ou candeeiro, aparentemente imóvel, refletido na imensa escuridão do vale, atraía o seu olhar, só interrompido pela voz de Marcelino ou da nora. Outras vezes era pelos gritos de uma louca de nome Inácia, mas que todos conheciam por Fidjinha, que morava num casebre, no bosque da Várzea. Tinha sido vítima de uma paixão ilegítima, muitos anos antes. Agora, quando não vagueava pela vila, vivia entre as suas próprias misérias.

Esgotada a paixão pelas aves, Siríaco deu-se conta de que o torpor físico continuava a avançar e agora de forma galopante. A isto veio juntar-se uma comichão insuportável no peito, nos braços e nas pernas, que o obrigava a dar voltas na cama, meio inconsciente, depois de colocar a pele quase em carne viva. Uma noite, sonhou também que um grupo de homens o perseguia por uma floresta, e que ele fugia a quatro patas, rugindo pelo caminho, e que depois o transportavam dentro de uma jaula e mais tarde o esfolavam vivo. Acordou, sobressaltado, sentou-se na cama, despiu a camisa e ficou a olhar-se ao espelho, respirando naquela atmosfera diáfana, entre o sonho e a realidade. Noutra vez, levantou-se e correu para o armário, pegou no frasco de álcool e despejou-o sobre si, suportando e estremecendo com o ardor. Recusou-se a sair da cama durante dias, alarmando a família. Deixou de comer e de falar. Ficava sentado, imóvel, como que sem memória ou capacidade de pensamento. Talvez a voz que o mantinha vivo, desde o leito das Senhoras Teixeiras, se pudesse fazer ouvir de novo. Nos últimos tempos, tinha a estranha sensação de que alguém caminhava ao seu lado ou que lhe tocava no ombro. Pereira, o boticário, entrou no quarto, a pedido de Marcelino, e sentou-se numa cadeira à sua frente. "Haverá alguma coisa que lhe resta ainda fazer, pense nisso, caro amigo", disse-lhe. Ficaram depois em silêncio. A única coisa que Siríaco conseguia ver naquele momento eram as imagens que guardava na sua mente. E perguntava se aqueles dois também as podiam ver. Quando o boticário e Marcelino se afastaram, desviou os olhos para o seu corpo franzino, os ossos salientes das suas pernas, os joelhos, os tendões. Tigre velho, pensou. Tigre velho. Ouviu quando falaram de um estado de melancolia, ataque de melancolia, qualquer coisa negra, a bílis, que lhe devia ter atingido o cérebro. Talvez estivesse a perder o juízo, quem sabe. Evitava pensar nisso, receando convencer-se de que se tornara vítima de um mundo ilusório. Ouviu também quando o boticário receitou muito milho e muita carne gordurosa, muito milho com enchidos e toucinho, para o ajudar a fortalecer-se.

 O pai vivia num constante sofrimento, contou Marcelino a Charles, mas sem que soubesse ao certo qual a verdadeira causa da sua dor. O velho sentia-se a fragmentar-se. Não que isso o perturbasse demasiado. Apenas não queria que alguma parte de si fosse, no final, omitida, por mais pequena ou insignificante que fosse. Nem sequer a mais pequena mancha da sua existência.

 Siríaco mergulhou depois num sonho turbulento, onde se viu com os anões da rainha. Um baque sonoro, seco, que depois viu ser da tartaruga presa atrás do móvel, devolveu-o à consciência. Acordou banhado em suor e angustiado. Lembrou-se de Luís, Benedito e Martinho Tomás, que foram trabalhar para a Real Fábrica da Fundição de Artilharia. E Paulo, que entrara para a Casa Pia. Teriam constituído família e verdadeiramente encontrado a felicidade, depois da partida da família real para o Brasil? Outras vezes, imaginava-os pedintes, pelas ruas de Lisboa, como os que havia ali pela vila da Praia, ou internados nalgum asilo, se a esta idade mais avançada algum deles tivesse chegado. Morrendo fora da corte, o mais certo era que não tivessem direito a qualquer missa pelas suas almas. Siríaco olhou em volta e foi acometido pela sensação de que aquele quarto encerrava todos os dias, meses e anos do seu passado, as horas felizes e a sua angústia, em imagens que via passar na sua frente. Nos confins da memória, viu um casal caminhando pela rua com dois filhos pela mão e um ao colo, ela num vestido de linho com punhos de renda, pano enrodilhado na cabeça, ele de terno e chapéu de palha, colete e camisa.

 Não sabia descrever muito bem o que sentira com a chegada de Aurélia à sua vida. Tinha a certeza de que qualquer coisa se rasgara dentro de si. Ela libertara-o de uma existência apática e servil, fazendo-o tomar consciência de que, provavelmente, nunca estivera vivo de verdade. Como se ela viesse de o resgatar de uma vida salpicada pelo pecado, recolocando-o no rumo certo da vida honrada de homem. Fora a fonte da sua felicidade, desde a primeira hora, cuja memória se transformara, agora, no refrigério da sua vida desgostosa. Sempre que ela regressava a casa, depois de uma temporada de visita aos familiares no interior de Santiago, a sua maior preocupação era regar as plantas do quintal e verificar que nenhuma lhe tapava a vista para a Várzea. E enquanto preparava a lenha para o lume e o jantar, mantinha um diálogo ininterrupto com ele, relatando-lhe as novidades dos parentes e amigos e como iam as coisas pela Ribeira da Boa Entrada e dos Engenhos. Outras vezes, pegava na agulha e na linha, desimpedia a mesa e remendava umas calças ou camisa, sempre a conversar. Siríaco conseguira vencer-lhe a teimosia e ensinou-lhe as primeiras letras e depois estimulara-a a ler outros livros, para além da Bíblia. Mais tarde, quando ela se interessava por alguma das histórias, ele gostava de ficar acordado, ali a seu lado, envolvidos no clarão da luz das velas, e gozando da sensação inebriante de a poder proteger. Escutava-a a tatear os mistérios das frases e debatendo-se com as palavras mais difíceis.

53

Os sinos da igreja tocavam nessa tarde quando Siríaco acordou sobressaltado de mais uma das suas viagens sonolentas. Ouviu vozes de gente que passava na rua. Alguém acabava de morrer. Levantou-se, vestiu umas calças e uma camisa e aguardou. Pouco depois, Marcelino chegou com a notícia de que a Viúva de La Rochelle fora encontrada morta, na sua cadeira de baloiço, pela cozinheira, quando esta a foi chamar para a mesa. Toda a gente na vila passou a comentar o que esta contou: que continuou a falar com ela da cozinha, ainda durante muito tempo, contando os casos de sempre das brigas das vendedeiras do mercado, que a viúva gostava de ouvir, por entre o cacarejar da catatua. Depois, pensou que estaria a dormir e deixou-a descansar um pouco, antes de a chamar para a mesa.

A casa da defunta não era muito distante da sua. Aquela zona de Ponta Belém iria estar bastante movimentada, mergulhada num regime de morte, nas próximas horas, embora ninguém lhe conhecesse qualquer parente chegado. O velho recordou a tarde em que lhe consertou a mesa, as cadeiras e o telhado da mansarda; o busto de Napoleão Bonaparte, qual reencarnação do negreiro Jacques Le Fosse, como que censurando a sua presença naquela casa. Lembrou-se depois da catatua e dos pombos da malograda, dos muitos gatos e cães, que ficariam agora mais abandonados do que já estavam, assim como do pedaço de horta, de que era proprietária, lá em baixo na Várzea. Fazia muitos anos que ninguém via a Viúva de La Rochelle descer os oitenta e sete degraus esculpidos na rocha que davam para o bosque para ir colher as flores que gostava de colocar nos vasos da varanda. Não faltariam interessados nas suas coisas, com certeza. A biblioteca e o recheio da casa seriam disputados até ao último azulejo, ao último livro. Siríaco preferiu sair e dar um passeio pela vila, depois de muito tempo de autoconfinamento e para espanto dos vizinhos, que já se tinham esquecido da sua existência.

"Foi então que, ao regressar, talvez com os navios da baía ainda na retina", contou Marcelino, "o meu pai teve a ideia de construir uma réplica da fragata *Beagle*, como tinha visto alguns marinheiros americanos de passagem por Santiago fazerem". Dirigiu-se para a oficina, sob um alpendre do quintal, pegou numa folha de papel e num pedaço de carvão e começou a desenhar, de cor, o navio, tal qual se lembrava dele, em todos os seus ângulos: o casco, o convés, as cabinas, os mastros, as velas, os compartimentos de onde sairiam os canhões em caso de combate. Tudo tomava a sua devida forma e lugar, trazendo a fragata à vida naquele pedaço de papel. "Foi bom ver o meu pai soltar-se do estado de confinamento espiritual em que se encontrava", comentou Marcelino. Revelava uma leve exaltação, à medida que se abandonava ao trabalho e se deixava possuir por aquele projeto. Depois de concluir o desenho, reuniu tábuas e pedaços de pau, pequenos ramos e outras madeiras e o resto dos materiais de que iria precisar.

Após o funeral da Viúva de La Rochelle e os últimos cumprimentos, Siríaco fechou-se em casa. Passou os dias seguintes num silêncio ininterrupto cortando, serrando e aplainando, lixando, medindo e desbastando, até terminar uma espécie de esqueleto do navio. Outras vezes, ocupava-se a fazer anotações e breves esquissos. Pintar um barco ou fabricar uma réplica é sempre a expressão da ansiedade de quem espera o regresso de um viajante. Siríaco media a leveza e a resistência das peças que ia cortando. Marcelino não se mostrou nada surpreendido com a mudança repentina no pai. Ao longo de semanas, acompanhou de longe a sua devoção e concentração. O pequeno *Beagle*, com o comprimento de um braço, ia tomando forma num labor absorvente, minucioso, que avançava mesmo quando a luz da tarde já só obliquamente iluminava a oficina e o quintal.

Certa manhã, Marcelino chegou com a notícia de que as tropas do Batalhão Açoriano, fiéis a D. Miguel e exiladas ali na ilha, se tinham revoltado e prendido os oficiais e sargentos e algumas individualidades da vila. Sem levantar os olhos das peças que montava, Siríaco fez-lhe sinal com a mão para que não o interrompesse. O velho afastou-se e ficou a admirar de longe a sua obra. Na madrugada seguinte, Marcelino informou-o de que os revoltosos obrigaram a banda militar a tocar "O Rei Chegou" e exigiram que a vila em peso aclamasse o absolutista D. Miguel. Siríaco polia o casco e cosia os pedacinhos de pano, que iriam servir de velas para os mastros do *Beagle* quando escutara os ecos da fanfarra beligerante, ao longe. Iniciara já a pintura do interior da fragata, das cabinas do capitão Fitzroy e de Mister Charles, Stokes e do rapaz King, colocando cada canhão no seu lugar, as redes onde deveriam dormir os marinheiros, o paiol, o porão com as provisões, as escadas e portinholas, quando lá fora, na rua, as pessoas passavam a correr, horrorizadas, espalhando a notícia do massacre dos oficiais e sargentos, fuzilados de véspera, no cemitério da vila. Alguns mortos a golpes de punhal e de baioneta. Durante os seis dias que durou a pilhagem da vila pelos rebeldes, Siríaco concentrou-se nos pequenos pormenores e no fabrico das peças mais delicadas da embarcação, como as cordas, a roda do leme e os canhões. Na manhã do sétimo dia, um grupo de voluntários, proprietários agrícolas da ilha, escravos e libertos, reunidos na vila de São Domingos, a algumas léguas de distância, marcharam sobre a vila da Praia. Subiram o planalto debaixo de intenso tiroteio e expulsaram os rebeldes absolutistas, dando vivas a D. Pedro e à Carta Constitucional. Só dias mais tarde, depois de colocar a gávea e as escadas de corda e de terminar a pintura do convés, Siríaco tomou conhecimento de tudo o que acontecera, através dos relatos emotivos de Marcelino e do boticário Pereira. Descreveram-lhe a índole criminosa do líder dos rebeldes, o sargento João Pereira Lopes, que não dissimulava a falta de escrúpulos e que colocou a província inteira em perigo, perseguindo todos os proprietários e homens proeminentes da capital. À frente dos soldados, atravessou a vila e saqueou tudo de valor que encontrou, dinheiro, ouro, prata e joias, sob o olhar aterrorizado dos moradores, sem se saber se os fanáticos absolutistas seriam a frente avançada de alguma conspiração mais organizada.

No dia seguinte, comovido com a gravidade da situação, Siríaco vestiu-se e foi visitar Mister Merrill, para lhe mostrar a sua solidariedade. Não havia restado ao cônsul americano outra alternativa senão juntar-se aos que, sob coação, saudaram e deram vivas a D. Miguel, temendo pela vida. "É um fanático, roubaram três barcos na baía e fugiram, mas não irão longe. Vou tomar as devidas providências. Viram — e com razão — que esta vila não tinha nem gente, nem meios e nem experiência para se lhes oporem; mas também serviu para revelar os traidores, aqueles moradores que se colocaram de imediato do seu lado." E foi então que o cônsul se lembrou de uma carta que havia chegado, dias antes destes acontecimentos, vinda da Bahia, mas que os tumultos registados na vila o fizeram esquecer por completo, como explicou. Tinha-lhe sido enviada pelo cônsul britânico em Salvador da Bahia, John Parkinson, em resposta a um pedido do jovem naturalista a bordo da fragata *Beagle*, Charles Darwin. A carta vinha acompanhada de uma nota explicativa para William G. Merrill.

Sir,

A pedido do senhor Charles Darwin, filho do doutor Robert Darwin, do condado de Shropshire, jovem naturalista inglês e integrante da expedição da fragata Beagle à América do Sul, comandada pelo capitão Robert Fitzroy, à passagem por esta cidade da Bahia, a 5 de Março deste ano do nosso Senhor de 1832, acedi, com todo o agrado, a ajudá-lo a encontrar o paradeiro da família de um menino escravo negro, de cor invulgarmente branca em grande parte do corpo, incluindo braços e na fronte da cabeça e testa, de nome Siríaco, que terá saído de uma fazenda designada por Princeza da Mata, na Capitania de Sergipe Del Rey, na então Colónia do Brazil, há cinquenta anos, rumo à Bahia e com destino a Lisboa, tendo deixado mãe e três irmãos vivos, também escravos do mesmo proprietário, de nome Floriano de Oliveira.

Na sequência de contactos levados a cabo na região indicada por um comerciante da minha confiança, natural da Flandres mas estabelecido na vila de Laranjeiras, nesta Capitania de Sergipe, há mais de vinte anos, e conhecedor do Vale do Cotinguiba, que se predispôs de imediato a fazer-me este favor, e após inquirição junto do proprietário do referido engenho e de alguns escravos pertencentes ao mesmo, conclui-se o seguinte:

De facto, existiu no local, na época indicada, uma criança com o nome e as características físicas descritas pelo senhor Charles Darwin. Confirmou-se também a sua paternidade conforme os elementos fornecidos, sendo o nome dos progenitores Maria Thomázia e José Leocádio, e os dos filhos havidos desta união, José, António, João e Siríaco, todos escravos que passaram para a propriedade do coronel Leônidas Sampaio, e à morte deste para seu primogénito, Terêncio Sampaio, por contrato de compra e venda do engenho Princeza da Mata, dependências e de todo o seu recheio e maquinaria no ano de 1787.

Confirmou-se ainda que, de toda a família referida apenas estava vivo, à data desta inquirição, António, que disse ter sessenta e seis anos de idade. Encontrava-se solteiro e sem filhos, indigente e manco, pedindo esmola à porta da igreja de Santo Amaro das Brotas. Disse ser verdade que era irmão do menino malhado, de nome Siríaco, o caçula da família, que foi vendido pelo coronel Floriano de Oliveira ao governador da Bahia. O inquiridor chegou ainda à fala com uma escrava velha, levado por um neto da mesma, escravo pertencente ao coronel Terêncio Sampaio. Esta, de mais de oitenta anos, cega e já de pouco ouvido e fala lenta, vivia numa parte das senzalas do dito engenho, e disse lembrar-se muito bem do menino Siríaco, dos irmãos, do pai e da mãe Thomázia. Disse chamar-se Vicença e ter vivido toda a vida no dito engenho de Princeza da Mata.

De acordo com as indicações deixadas pelo senhor Charles Darwin, as informações recolhidas devem ser fornecidas ao senhor Siríaco, liberto e súbdito português, habitante em Porto Praya, pessoa empregada no seu consulado, em Santiago de Cabo de Verde, Província dos domínios da Coroa Portuguesa, no Atlântico.

Bahia, 21st July, 1832.

54

REGRESSAVAM-TE AGORA ESTES EPISÓDIOS da infância, velho. Uns de muita felicidade. Outros irremediavelmente distorcidos ou duvidosos na sua veracidade. O que Marcelino não podia adivinhar é que a tua cabeça passava mais tempo em Cotinguiba, no engenho Princeza da Mata. Escrevias sobre tudo o que te lembravas. Recordavas os domingos em que o padre vinha à capela do engenho para rezar missa. Tinha o hábito de te mexer na cabeça e na pele. Incomodava-te a maneira como te olhavam os outros escravos, sempre que ele se referia ao pecado e ao castigo de Deus, ao fogo dos infernos. As imagens bíblicas da destruição e do fim do mundo, misturadas com outros acontecimentos, voltavam nestas reminiscências da meninice. Cerravas as pálpebras e vias um menino-onça correndo nu pelo meio do capim e os pequenos animais que caçava, insetos e lagartos, que depois guardava, escondido dos irmãos. Alimentava-os até se lhe escaparem. Aprendeste a contar nos grãos das maçarocas de milho, com a ajuda de um negro velho, mestre-açucareiro, de nome Zacarias. Estas imagens surgiam-te agora na mente com uma nitidez quase fantasmagórica. Logo depois da morte do teu pai e do surto de cólera-morbo, o teu senhor, o coronel Floriano de Oliveira, mandou um recado a Thomázia. Ela vestiu-te, pela primeira vez, uma camisa e umas calças, que apertou com um pedaço de ráfia. Subiste depois para uma carroça e deslocaram-se com o velho Zacarias à povoação de Laranjeiras, a várias léguas em direção à costa, para se encontrarem com um juiz de direito, que pediu para ver o menino-tigre. A viagem durou o dia inteiro. Foi a primeira vez que mostraste a pele a alguém de fora do engenho Princeza da Mata, Siríaco. O teu senhor e o juiz acordaram algum negócio e apertaram as mãos. O coronel Floriano de Oliveira dirigiu-se depois a um armazém e mandou carregar a carroça com sacas de grãos e garrafões de vidro. Num outro ponto da povoação, comprou um relógio de pé, que encomendara a um comerciante alemão, para a D. Victoriana colocar na sala da casa grande. O próprio alemão ajudou a envolvê-lo em sacas de palha, por causa do balanço da carroça. No caminho de regresso, enquanto Zacarias fazia estalar o chicote nos quadris do cavalo, sentiste que uma estranha alegria te invadia a alma.

Recordas agora, a uma distância de mais de cinquenta anos, como o ar estava invadido pelo aroma adocicado do melaço e da destilação da aguardente dos engenhos. A estrada percorreu longos bananais, seguidos de intermináveis campos de coqueiros, que levavam a colinas com ameaçadores rochedos cinzentos nas encostas. Num dos lados da estrada, alguns escravos derrubavam a mata para lenha, abatendo os troncos mais finos e transportando-os, depois, para carroças com a ajuda de juntas de bois. Quando chegaram ao cimo de uma colina, o coronel Floriano de Oliveira mandou Zacarias parar e saltou para o chão. Ouviste-o dizer que muitas léguas naquela direção ficava o mar e a casa onde ele nascera e vivera com os pais. Para além da casa paterna, havia mais umas cinquenta casas e quintas, em redor, disse ele, e a igreja onde os pais casaram e ele fora batizado e crismado.

E foi com esse estado de espírito enternecedor, de que alguma coisa importante se preparava para acontecer, que no final do dia regressaram ao engenho Princeza da Mata. Cruzaste-te com a tua mãe, na sua fragilidade inquietante, e os teus irmãos, caminhando com cestos e ferramentas de trabalho. Perscrutaram-te em silêncio. A esta distância desses acontecimentos, velho, a mão prodigiosa da memória acena-te com epifanias, no liminar da revelação dos restos do país da inocência. Thomázia surgiu-te como uma mulher estranha, um ser instável. Vivia num estado de preocupação permanente, numa busca caprichosa e incessante, sem saber ao certo do quê. Vias como mudava de humor tão repentinamente, como uma gota da chuva deslizava e caía do beiral. Criara-te de forma distante e desatenta. Imaginas — mais do que te lembras — a tua figura de criança entediada e tristonha, sentada no chão de terra batida, sem nada que fazer, olhando para um tempo desmedido, sem fim. Aguardavas apenas que aquela mulher, ligeiramente angulosa e de olho morto, se aproximasse, te pegasse ao colo e te levasse para qualquer lado. Que ela pudesse reparar na tua existência. No fundo, era destas imagens que precisavas, para te ajudar a aliviar as angústias e essa turvação de sentimentos, e que acariciavas, como uma cria pintalgada, no teu canto escuro na taverna da vila.

No final desse ano, a poucas semanas do Natal, ainda não havia qualquer sinal do *Beagle* ou notícias de Mister Charles. Foi então que a ilha de Santiago foi novamente sacudida, desta vez por um tumulto que indignou os proprietários de escravos e toda a população. Siríaco caminhou com Marcelino e juntaram-se aos moradores da vila da Praia, convocados pelo governador para assistirem ao que chamou de "lição para todos aqueles que desafiarem a ordem pública". A notícia de um incêndio, que irrompera de véspera e consumira o casebre da louca Fidjinha Nácia, no bosque da Várzea, causando-lhe a morte, diluira-se nestes novos acontecimentos. E já ninguém se lembrava do sucedido, quando à hora marcada, no largo da vila, o governador chegou à frente de um pelotão de soldados, com mais três homens com as mãos amarradas atrás das costas. Rodeado pelo juiz da comarca e pelos seus secretários, o governador começou a falar, projetando a voz o máximo que podia, contrariando o vento que parecia querer roubar-lhe as palavras. O velho olhou o rosto dos três condenados quando estes levantaram a cara ao escutarem os seus nomes, Gervásio, Domingos e Narciso, e os crimes de que vinham acusados. Mas nenhum lhe pareceu familiar, como comentou com o filho Marcelino. Reconheceu, porém, o escrivão do juízo, António José da Silva Machado, de pé, atrás do governador. A lealdade do seu escravo salvara muitas vidas.

Monte Agarro, o local de onde eram originários e trabalhavam os agora condenados, não ficava a mais de três léguas da Praia. Uma semana antes, um grupo de escravos tinha-se reunido nessa localidade e decidiram matar todos os morgados e brancos da ilha e tomar o poder nas mãos. Na noite seguinte, armados de espingardas, facas e catanas, iniciaram o assalto à vila da Praia, decididos a mudar as suas vidas e a história da ilha. Mas logo que soube do perigo que se preparava, o escrivão correu para o palacete do governador a dar-lhe a notícia. Quando chegaram ao Vale da Fonte Ana, os escravos tinham à sua espera o piquete da ronda da guarda, que os recebeu a tiro. Surpresos e desorganizados, os revoltosos dispersaram, no meio do tiroteio, fugindo para os montes mais próximos.

Siríaco tinha avaliado a gravidade da situação e ficou do lado daqueles que eram da opinião de que os responsáveis deveriam ser julgados e condenados, mas tudo dentro da lei. Os tempos eram outros, a Carta assim o obrigava. Mas da reunião dos proprietários com o governador saiu a decisão de dar o exemplo e evitar que um massacre se viesse a produzir no futuro, numa ilha com mais de cinco mil escravos. Assim se justificou este, perante as muitas dezenas de pessoas que preenchiam o largo, ansiosas. Um escravo de cada localidade da ilha foi trazido para que assistisse ao castigo e levasse a mensagem do governador. O mais novo dos condenados, Narciso, foi separado do grupo e amarrado a um poste e de seguida açoitado com uma chibata, até desfalecer. Depois de o levarem, amarraram os outros, um em cada poste, e o pelotão posicionou-se. Após breves palavras, condenando a índole criminosa dos escravos e a sua liderança dos tumultos, que tinham feito perigar a paz e a sã convivência dos habitantes da vila da Praia, o governador deu a ordem, os soldados apontaram e então descarregaram os arcabuzes no peito e na barriga dos dois homens, numa fuzilaria ensurdecedora, como nunca tinhas visto, velho, desfazendo-lhes os ossos e fazendo saltar as vísceras, perante o horror de homens, mulheres e crianças, que ficaram petrificados a olhar para os corpos dobrados sobre si. Marcelino puxou-te pelo braço, tirando-te dali. Após a execução, os moradores dispersaram rapidamente. Levavam no peito uma indulgência relutante e no rosto um semblante de culpa, que não sabiam explicar, nem o que fazer com ela. Eras como uma ave ferida, Siríaco, pairando entre a justiça e a maldade humana. E foi assim que regressaste a casa, relatou Marcelino a Mister Charles, decidido a nunca mais sair.

Cada fração da tua vida assemelhava-se agora às divisões da casa, que deixaras há muito de frequentar. O fôlego já te ia faltando. Desconfiavas cada vez mais dos tropeços do coração e duvidavas de que os pulmões te pudessem garantir, por muito mais tempo, essa respiração mínima. A mente já não se ocupava em recuperar os prazeres perdidos. Sentias que se te esgotava a substância humana e felina. Passaste a aguardar, serenamente, essa revelação final da morte, que imaginavas como um relâmpago atravessando-te a alma. Um relâmpago condutor, que em curtos instantes pudesse resumir todo o prodígio da tua vida e a voluptuosidade da própria carne, dos músculos e dos nervos.

Começaste por lavar o corpo, obsessivamente, contou Marcelino. Essa pele flácida e manchada, que em criança Vicença te tinha dito serem antes desenhos e não manchas; nuvens castanhas, num céu branco, e que fora a tua marca de distinção e te servira de salvo-conduto na travessia da vida; a pele que inspirara comentários e olhares de espanto, proporcionando-te uma individualidade diferente de qualquer outro homem. Marcelino ficou incumbido de renovar, diariamente, a água da tina no teu quarto. Não ficava para observar o novo rito que vinhas de adotar. Como se esta prática se destinasse a revelar outra verdade desconhecida e o contato com o teu corpo te libertasse uma emoção nova, enquanto o percorrias com os dedos. Como alguém que segue as linhas de um mapa, numa beata atitude, o local para o último descanso. Cada ilha escura da tua pele assumia uma parte dessa vivência e personalidade. Observavas-te ao espelho: o corpo magro, a barba hirsuta, o cabelo selvagem de profeta, agora rareando na frente, aumentando ainda mais a mancha branca frontal. Esta ganhara mais espaço em ti e o corpo do animal tigrado acomodou-se nas tuas formas, velho. Nos últimos anos, a mancha subira-te pela clavícula e ameaçava agora conquistar-te o pescoço. A tua caprichosa e distintiva "ilha do coração" também perdia terreno para o avanço da pele leitosa e já só restava uma pequena "noz" no seu lugar. Procuravas recuperar a imagem exata registada nos três quadros que te haviam reproduzido, em criança, e que estariam sabe-se lá onde. Querias abstrair-te da imagem que o espelho te devolvia, encontrares-te no rapaz malhado que um dia fora o centro de todas as atenções. Marcara-te mais profundamente a experiência da perda do que propriamente os novos ambientes e identidades encontradas pela vida fora. Todo o esforço agora servia para abrir caminho por entre esse estreito país da memória. Um exercício que te obrigava a atravessar um corredor vazio, com o corpo de um homem vazio e com uma existência já quase sem forma.

A par da lavagem corporal, continuou Marcelino, adotaste a nova obsessão de querer lembrar a primeira palavra que alguma vez pronunciaste, em criança. Criaste a convicção de que esta te poderia devolver imagens do teu eu perdido, o eu primordial. Viajavas pelas tuas recordações, numa busca incessante por esse vocábulo que elegeste como a luz de toda a tua realidade. As paisagens regressavam-te, coloridas, emitindo sons, cheiros e impressões fortes: um fogo que te queimou a mão, um espinho que carregaste no pé, o grito de escravo fujão amputado, cortando a noite. A assimilação de uma preexistência, de um sentir limpo, sem estruturas ou rebeldias. Sem mitos.

Os tempos cruzavam-se na tua memória; tempos diferentes que se sobrepunham, como camadas. A cada dia que passava, examinavas-te ao espelho, confirmando se continuavas inteiro. Aprofundavas a relação e a familiaridade com o corpo com que terias de viver os teus últimos dias. Um corpo de animal velho e cansado, cujo próprio sangue começava a estranhar. Uma espécie de lento protesto contra o irreversível, mas ainda assim, a coberto de uma secreta cumplicidade. A vida tornava-se, a cada dia que passava, na vida do outro eu por encontrar, embalada nessa serena rotina. E assim construías, da melhor maneira que sabias, a tua ideia do teu destino de homem. No fundo, precisavas de provar a ti mesmo que esse país arcádico, de onde tinhas vindo, essa infância longínqua no vale do Cotinguiba, tinha mesmo existido.

Nos últimos dias, deste-te conta de que tinhas passado quatro quintos da tua vida aguardando essa visita que se transformara na tua razão de existir; a voz cujo eco escutaste nos delírios do óculto, no leito das Senhoras Teixeiras. E foi então que uma manhã, depois de te olhares ao espelho, chamaste o teu filho Marcelino e lhe perguntaste se havia notícias do *Beagle* ou de Mister Charles. Pediste, depois, que fosse dar um recado ao boticário, que querias falar-lhe.

"E como afirmavam os grandes espíritos, o verdadeiro lugar do nascimento é aquele onde uma pessoa se descobre a si mesma." Por todas as experiências que tivera em Edimburgo e Cambridge, explicou Charles, o prazer e os conhecimentos adquiridos não chegavam perto do impacto da sua redescoberta como pessoa, ali na ilha de Santiago de Cabo Verde. Fora esta terra seca e árida que lhe abrira as portas do conhecimento e permitira que a sua existência humana ganhasse novo significado. "Filósofos e poetas também encontraram o seu renascimento nos locais mais improváveis, alargando os limites do seu saber, sacudindo o ócio das suas vilas e cidades." O direito e a moral, a forma como se vive e se morre, a lógica da vida, estão sujeitos à experiência instintiva do homem, em todas as latitudes. Tudo isto também tem a sua poesia e serve para a abertura de caminhos novos, reencontrar pistas perdidas; o dom e a aplicação dos princípios imutáveis da Humanidade. "Era ainda criança quando olhei pela primeira vez para um besouro. Começava, assim, a minha longa paixão por estes insetos", explicou Charles ao boticário Pereira. Este vinha de lhe citar versos de Homero e Ovídio, seus poetas preferidos. "Poupam o espírito a demasiada ginástica mental, porque são complicados, por vezes, estes exercícios de penetração no pensamento de cada homem, que constitui essa arte dos versos e são o espelho do desespero do poeta", respondeu o português. Marcelino seguia a conversa entre os dois homens, aguardando pacientemente, como um bom pajem. Charles explicou ao boticário que, infelizmente, pouco lhe ficara do Grego e do Latim, que aprendera por obrigação. As declinações deste último e as arestas sibiladas do outro não lhe conquistaram nem um pouco o espírito. Por isso, teria preferido ler esses poetas na sua tradução inglesa. Por algum tempo pensou Pereira que seria modéstia do inglês, pois não admitia que a alguém com espírito tão nobre e elevado faltassem conhecimentos dos clássicos mais importantes. Sentiu-se reconhecido ao pai por o haver feito estudá-los e nunca se separava desses tomos, sentindo a necessidade de declamar, de vez em quando, os cantos de que mais gostava.

"Mas o assunto que me levou a chamá-lo a minha casa não é a poesia, Mister Darwin, que essa poderá ficar para outra altura. Como sabe, tenho bons conhecimentos de taxidermia, esta arte dos enganos entre a vida e a morte, ou da vida cristalizada e da morte disfarçada ou enganada, se quiser. Apaixonei-me por ela um pouco tarde na vida, é verdade, mas tenho sabido tirar bem os proveitos. Uma arte sujeita à paciência, como muito bem sabe." E dito isto, o boticário abriu um armário e tirou de lá um retângulo, de uma braçada de comprimento, envolvido num pano e em duas camadas de papel, que foi retirando, até que a imagem do quadro ficou exposta à luz da tarde e o boticário a colocou sobre a mesa. "Uma pintura? De que se trata?", perguntou Charles. O boticário Pereira fez um sinal e Marcelino aproximou-se. "O meu pai quis que o senhor ficasse com isto", anunciou o rapaz. E só, instantes depois, após observar a imagem com mais atenção, Charles mudou o semblante. Descobriu, de repente, que o que tinha na sua frente, emoldurada, como a tela de uma pintura, entre duas placas de vidro, não era outra senão a pele branca, malhada, do peito de Siríaco — de uma axila à outra.

 Quando a criada trouxe a bandeja do chá, Pereira tomou-a e colocou-a numa das mesinhas da sala, estendendo a Charles um pires com biscoitos. Este comentou, ainda atônito, que era a primeira vez que via tal coisa, embora já tivesse ouvido relatos de outros casos semelhantes, sobretudo como capa de livros. Pereira adiantou que pensara durante muito tempo na proposta testamentária do amigo Siríaco e que só cedeu perante a sua insistência e a amizade que os unia. E também pelo desafio que tal tarefa significava para si, que teria de ser executada com rapidez, logo depois de declarado o óbito e, naturalmente, em segredo absoluto, sem o conhecimento das autoridades e do bispo, antes de lhe enfaixarem o peito e o vestirem, pronto para o caixão.

 O quadro estava agora encostado a uma parede. Pereira adiantou que a imagem que viam representava, em tamanho natural, o torso do amigo, e que o próprio lhe fornecera as medidas, dias antes de morrer, com o rigor de um alfaiate. "E no seu perfeito estado de lucidez", realçou Pereira. "... Um intervalo na turbulência que o vinha afetando e que lhe permitiu ir-se tranquilo e sereno".

"Também pediu que lhe entregasse isto", disse, novamente, Marcelino, estendendo a Charles um envelope com um rolo de folhas escritas. Enquanto o inglês lhes passava os olhos, o boticário tinha-se levantado e aberto a janela da sala que dava para o herbário do quintal, onde os botões das rosas amarelas começavam a abrir e os gerânios e as camélias floriam. Uma fragrância adocicada invadiu a sala, trazida pela brisa. Charles levantou os olhos e viu os picos mais altos das montanhas em redor e o vale que se estendia até às primeiras colinas. Viu também as casas baixas dos pescadores e cristas de nuvens cinzentas no horizonte. Talvez trouxessem uma chuva atrasada. "Siríaco pintou vários autorretratos e pelo menos três quadros do seu corpo, em placas de madeira, que destruiu, já nos últimos meses da sua vida", revelou o boticário. Conseguira salvar um deles, com a ajuda de Marcelino, durante uma das suas visitas, sem que o amigo se apercebesse. Charles pôde assim ver a última face de Siríaco, e como se destacava a tristeza da sua expressão, o cinzento-escuro e úmido da sua íris. Os olhos raiados olhavam atentamente, como se questionassem o observador. As orelhas surgiam mais salientes e a expressão impenetrável, que sempre o acompanhou, era agora mais aguda e mais felina, selvagem, pelo arquear das sobrancelhas. O nariz afilado surgia com o pingo branco na ponta e os lábios tristes emoldurados por um sulco de cada lado, transformados em duas pronunciadas rugas. A pele da cara estava mais escura, opalescente, contrastando furiosamente com a mancha branca, que lhe invadira o pescoço, nos últimos anos, a partir da clavícula. Como se a cabeça se preparasse para se separar do resto do corpo, destacando-se tudo num fundo de um amarelo doentio.

Nessa noite, durante o jantar de despedida oferecido pelo cônsul William G. Merrill ao capitão Robert Fitzroy e aos oficiais do *Beagle*, Charles não conseguiu deixar de pensar no presente que tinha recebido à tarde. Não sabia muito bem como interpretar a atitude de Siríaco. A sua mente foi também levada pelas palavras do boticário Pereira. Imaginou aquele momento de silêncio, no quarto do velho, apenas cortado pelas respirações do português e de Marcelino, cumprindo o último desejo de Siríaco: o corpo lavado e barbeado — cara e peito — deitado num lençol, sobre a mesa; a lâmina desinfetada, preparando o corte hábil e seguro da dissecação, os primeiros coágulos, quase negros, seguindo a linha que o taxidermista riscara, minutos antes, na pele leitosa, de uma axila à outra. O primeiro corte, ao longo da parte superior do peito, como se ele nunca tivesse feito outra coisa na vida. O pensamento focado no pedido do amigo, durante essa réstia de lucidez. E Marcelino cumprindo, da melhor maneira possível, o seu papel de assistente, seguindo os movimentos fluidos da mão concisa e leve de Pereira. Sustinha a respiração, por entre ligeiros estremecimentos e suspiros, mas sem nunca desviar os olhos. O horror da morte desaparecia com os primeiros fios de sangue, tingindo o lençol e fazendo deste a sua nova casa. Pereira falaria com Marcelino sobre mapas, numa tentativa de distraí-lo. O rapaz partilhava o seu fascínio por eles. Eram o mundo tangível e ajudavam a combater a melancolia; ótimos para exercitar a imaginação. E se nunca chegassem a visitar essas regiões do mundo com nomes misteriosos pelo menos saberiam situá-las nos continentes. Charles recordou as palavras do português, o estado contemplativo em que este ficava perante as suas coleções e como estas faziam parte da sua vida; como se prolongassem a sua existência física. Um homem que, contrariamente ao pai — que tinha um fascínio por tudo o que era defeituoso e aberrante —, preferia colecionar a beleza e a harmonia dos corpos dos seres vivos. A dissecação de um corpo humano, ainda que ligeira, era um passo enorme, sem dúvida, desde que o pai lhe ensinara a conservar borboletas, em Coimbra. As suas mãos estavam firmes, apesar da emoção e solenidade do ato. Mãos que teriam desejado ser antes as de um cirurgião anatomista. Mesmo assim, conheciam de cor todos os ossos, cartilagens, nervos e tecido muscular. A pele, portanto, não lhe poderia ter segredos. Talvez o corpo possua uma verdade ininteligível ao comum dos mortais. Aquele corpo feito em pele tigrada e flácida seguiria agora viagem para Inglaterra com ele. Os tecidos moles e os ossos, esses, já não tinham qualquer valor. O velho Siríaco acompanhava-o. Abandonara-se em vida para seguir vivendo na sua companhia, como um fiel amigo. A forma, qual peitoril romano, mantinha-se inviolável, cumprindo um desígnio fulcral. Não havia nada a temer, pensou Charles. Tudo estava bem e em equilíbrio, como um relógio suíço. A essência não tinha sido beliscada e a dignidade flutuava acima de todas as suspeitas.

***

MAIS TARDE, POUCO ANTES DA PARTIDA, Charles iniciou um capítulo novo no seu diário a que deu o título de *Siríaco*. Preparou-se para escrever sobre aquela experiência extraordinária que acabava de viver. Mas as frases, pretensamente cheias de sentido e intenção, inicialmente naturais, começaram a ser produzidas com enorme esforço. Diluíam-se, uma após a outra, numa penosa evocação daqueles momentos passados na companhia do velho malhado. E tudo o que foi juntando no caderno enformava uma inequívoca inautenticidade, que o obrigava a riscar e a começar de novo. Manteve-se assim, por algum tempo, nesse confuso estado de espírito, quando o *Beagle* se fazia ao mar, abandonando a ilha de Santiago. Finalmente, percebeu que aquele relato que se propunha fazer estava para além da sua vontade real e das suas capacidades, e que ao contrário de tudo o que tinha vivido, naqueles cinco anos, preferia guardar aqueles momentos passados com Siríaco no seu pensamento e na memória. Fosse o que fosse que lhe atravessava o espírito, naquele instante — um misto de angústia, felicidade e gratidão —, não tardou a provocar-lhe um desejo incontrolável de leitura. Mas, desta vez, daquelas cartas que Marcelino lhe entregara, deixadas pelo pai. Tentaria decifrá-las, recorrendo aos seus conhecimentos de português e espanhol, a forma com que o negro malhado escolhera para lhe contar passagens da sua vida, como num relato testamentário. Retomava também aquele seu hábito que normalmente o aliviava do peso do enjoo, procurando nas palavras, nas frases, no aglomerado dos pronomes, substantivos, verbos e adjetivos uma espécie de tijolo de casa para habitar, seguido de um estado contemplativo, onde a linguagem necessária para viver fosse a mínima e a mais familiar possível.

Londres, agosto de 1871

NUMA MANHÃ CLARA, um homem de feições morenas, oriundo do Sul, entrou no comboio em Londres e atravessou a cidade rumo a uma pequena localidade, nos seus arredores. As nuvens deixavam passar uma luz difusa e pareciam não suster os raios de sol por muito tempo. Pela janela da carruagem viu passar bairros com quarteirões demolidos, edifícios de tijolo com janelas de vidraças altas; bairros antigos que remontavam no tempo e fábricas de longas chaminés, nos subúrbios; pessoas e animais a pastar, para além de valas, charcos, quintas, e linhas férreas que seguiam noutras direções. Havia grandes quantidades de terra removidas para que estas fossem construídas, por engenheiros que revolucionavam os transportes. A cidade deu lugar a prados, estes a bosques e a campos floridos, onde se distinguiam, ao longe, umas construções retangulares baixas, frágeis, que lhe pareceram estufas. A carruagem não ia cheia. Mas reparou que os passageiros haviam escolhido os lugares mais afastados e que alguns se viravam para trás, sobretudo as crianças, ficando depois algum tempo a observá-lo. A curiosidade em volta esmoreceu um pouco, quando perguntou ao cobrador quanto tempo levariam até Down, num forte sotaque americano, que fez as crianças desatarem a rir.

Chegado ao seu destino, o homem não teve qualquer dificuldade em encontrar a casa que procurava, devido à fama do seu proprietário. Os próprios vizinhos já estavam habituados às visitas que nos últimos tempos chegavam de todo o lado. O homem fez-se anunciar, perante o olhar curioso do jardineiro. Entregou uma carta de apresentação à empregada, que o veio atender, estranhando aquela inesperada visita matinal. Ele olhou em volta e admirou as sebes bem cortadas, o tronco liso das bétulas e as folhas que lhe pareceram tão tenras, e ainda a raiz de uma figueira antiga, que se ramificava em dezenas de outras, grossas e finas, que desapareciam, alguns metros mais à frente, como que engolidas pela terra. A casa, de um piso, era branca e robusta, e as paredes exteriores pareciam absorver toda a luz da manhã. Era composta por várias dependências, com canteiros de gerânios na frente, e estava mergulhada num imenso silêncio matinal, apenas cortado pelo chilrear dos pássaros e o vento que, por vezes, soprava nos ramos das árvores, em volta. Minutos depois, a empregada regressou com um novo semblante e conduziu-o a um vestíbulo. Pediu-lhe, amavelmente, que aguardasse, que o doutor Darwin iria recebê-lo, dentro de instantes. O homem viu, na média-luz da casa e sobre uma pequena mesa, uma coleção de dentes de marfim de diversos tamanhos, dispostos de forma crescente, sob duas telas com motivos campestres e cenas de caça. A dada altura pareceu-lhe escutar vozes femininas vindas de outra parte da casa.

Mas não teve tempo para mais observações, porque a mulher convidou-o a entrar numa sala de trabalho, com um pé-direito fabuloso, onde um homem calvo e de barba, visivelmente envelhecido e num terno escuro, o aguardava, de pé, com um sorriso enigmático. Ao fundo, uma biblioteca preenchia a parede, onde estavam vários mapas em molduras de madeira polida. O cientista estendeu-lhe a mão, dizendo: "Bem-vindo a Down, Júlio. Esta é uma maravilhosa surpresa, estou muito feliz por o conhecer. Sente-se, por favor". O visitante desculpou-se por aparecer assim, de repente e sem qualquer aviso, mas, adiantou, só dispunha daquela manhã antes de partir. Era marinheiro num barco americano, ancorado no Tâmisa, contou. Pedira uma licença especial para o visitar, cumprindo também um pedido que o pai lhe fizera, muitos anos antes. "E como está ele? Fale-me de Marcelino", pediu o eminente cientista. "O meu pai morreu há alguns anos, pouco depois de eu ter partido da ilha de Santiago. Mas teve uma vida honrada, *sir*, como escrivão do tribunal da Praia." "Sinto muito", respondeu-lhe o doutor Darwin, ficando depois em silêncio. "Recordo-me sempre da vossa ilha, de Marcelino e do seu avô, Siríaco. Você é marinheiro, como disse, então percebe bem o que as viagens fazem a um homem, o que podem significar nas nossas vidas. Nunca nos livramos delas, para o bem e para o mal." Nisto, uma mulher madura, com olhos claros de uma rara beleza e com um xale descaído sobre o ombro esquerdo, entrou na sala e o doutor Darwin levantou-se e aproximou-se dela, dizendo, "Emma, querida, este cavalheiro é o Júlio, filho e neto de amigos que eu fiz no início da viagem do *Beagle*, na ilha de Santiago de Cabo Verde. Veio visitar-me, é marinheiro num barco americano. Uma maravilhosa surpresa".

Júlio achou o célebre naturalista envelhecido e bastante cansado, embora continuasse a trabalhar todos os dias, a escrever e a publicar, como lhe explicou a mulher, num claro sinal para que não prolongasse demasiado a visita. Mas o doutor Darwin pediu-lhe que lhe fizesse companhia no habitual passeio matinal em volta da casa, na estrada de cascalho, antes de lhe ir mostrar a coleção de pássaros e a estufa, onde começara a realizar experiências de fertilização de orquídeas. "Gosta de orquídeas, Júlio?", perguntou. "Não me recordo de as ter visto na vossa ilha." O naturalista confessou ao marinheiro que nunca mais voltara a entrar num barco e quando penetraram na estufa, tocou a este notar nele uma singular insegurança física acompanhada pelo olhar cansado e o esfregar das mãos, onde se viam as veias azuis destacando-se na pele branca e as articulações. O naturalista continuou a falar, com uma disposição serena. Sempre que o clima o permitia, disse, gostava de passar parte do seu tempo ao ar livre, em especial nos meses mais quentes, assim como de dar o seu passeio diário em volta da casa, antes de se fechar no escritório a escrever. "Mas torna--se cada vez mais penoso e, por vezes, preciso de um dia inteiro para produzir uma página com ideias minimamente claras e inteligíveis." Tudo lhe saía com um extraordinário esforço, especialmente quando lhe aumentava essa espécie de aperto cardíaco. Contudo, continuou, havia uma ponta de felicidade sempre que era acometido por ideias que o perseguiam e o inquietavam, dias a fio, e se formavam num pensamento válido e lúcido. Então, sentia regressar-lhe uma antiga energia, um momento especial de criação. Quando assim era, e logo que terminava, afirmou, tinha a leve sensação de ter ganho o dia e era então que se deslocava até aos bosques mais próximos, onde gostava de se sentar num banco e observar a paisagem em volta e os fragmentos de nuvens, até as primeiras gotas começarem a cair com a mudança do vento.

Júlio desconfiava que as cores mais belas da natureza já tinham passado pela retina do naturalista e talvez o panorama à sua volta começasse, a pouco e pouco, a desbotar. Recuperou a imagem que guardara dele, da sua infância: a de um homem alto, que falava com o seu pai, numa voz mansa, e o pegara ao colo, na sala da sua casa. O doutor Darwin perguntou-lhe como estava a vila de Porto Praya, dizendo que, agora que a recordava, conseguia ver muito bem o areal cinzento da praia, o Monte Vermelho, o ilhéu, as casas bordejando o planalto sobre a baía. "É como se tivesse estado lá ontem." "Permanece inalterada; infelizmente, pobre como sempre", respondeu Júlio. Talvez fossem os últimos farrapos que o inglês guardava dessa memória, exercitados naquelas perguntas recreativas, pensou, mas que o alegravam. O velho inglês ficou visivelmente contente — de tal maneira que Júlio se emocionou — quando este lhe respondeu que era pai de quatro rapazes e de duas raparigas, espalhados pelas ilhas de Cabo Verde e a Nova Inglaterra. "*A real sailor*", comentou o doutor Darwin, sorrindo.

"O meu pai falava também muito de um índio da Terra do Fogo, O'rundel'ico, que viajava no *Beagle*." O velho cientista estacou a passada. "Sim, Jemmy Button, como lhe chamávamos, suponho que seriam da mesma idade. Um rapaz muito interessante, sem dúvida. Muito diferente dos restantes, amável com todos. Deixámo-lo no seu território, bem no coração da região do povo Yaghan, muito fértil em pastagens, ao contrário da paisagem em volta. Ficou juntamente com York Minster e Fueguia Basket, a rapariga e o outro índio Alakalufe, anglicizados. Pensamos que, com um pouco de dedicação, talvez pudessem ajudar a converter os seus compatriotas, de acordo com o plano inicial do capitão Fitzroy. Mas as coisas não correram tão bem. O missionário Matthews foi praticamente expulso pelas tribos da região. Soubemos depois que York e Fueguia roubaram todos os pertences de Jemmy e da sua mãe e fugiram. Tempos depois, quando regressamos à baía, ele não estava entre os índios que nos vieram receber na praia. Então surgiu, de pé, ao longe, numa canoa e só o reconhecemos quando já estava bem perto de nós. O rapaz que tínhamos deixado meses antes, gordo, orgulhoso das suas roupas inglesas e do seu chapéu, com os sapatos sempre brilhantes, que nunca tirava as luvas brancas, estava irreconhecível. Ao aproximar-se vimos um Jemmy magro, de cabelo hirsuto, caindo pelos ombros, vestido apenas com um pano enrolado à cintura. Quando nos encarou não conteve a vergonha e virou-nos as costas. Ficamos estarrecidos. Nunca tinha visto uma mudança assim. Nessa noite ficamos a saber que tinha encontrado uma noiva e que não tencionava voltar para Inglaterra, embora continuasse com dificuldades em recuperar a fluência na sua língua natal. Disse-nos que vinha ensinando inglês aos membros da família e a amigos. No dia seguinte, tomou o pequeno-almoço conosco, no *Beagle*, como se estivéssemos em Inglaterra, e verificamos que ainda sabia usar os talheres. Ofereceu ao capitão Fitzroy algumas flechas e um arco que ele próprio havia fabricado e entregou-nos os presentes que tinha preparado para o casal presbiteriano, com quem vivera, quase um ano, em Walthamstow. Abandonara o nome verdadeiro e agora todos o chamavam Jemmy e à sua mulher, Mulher de Jemmy. De seguida juntou-se a esta, que o aguardava, na canoa, ansiosa, chorando, coitada, talvez com medo de que o voltássemos a levar conosco. Regressaram a terra e Jemmy acendeu uma enorme fogueira na praia. Foi a última vez que o vimos. Ficou a acenar-nos por muito tempo e todos a bordo ficamos comovidos e com muita pena de nos separarmos de Jemmy. Sabia que a origem do seu sobrenome, Button, tinha que ver com um botão de madre-pérola pelo qual a família o trocou? Continuou na praia até se fundir com a paisagem. Mas eu tinha a certeza de que ainda nos conseguia ver, pois nunca conheci ninguém que visse melhor, ao longe, do que os índios da Terra do Fogo. Tinham uma capacidade visual deveras impressionante, mesmo para mim, que sempre tive a fama de ter uma boa vista, superada só por dois ou três em toda a tripulação do *Beagle*. Mas ninguém tinha dúvidas, Jemmy era agora um homem feliz. Tempos depois, para espanto de todos os que o conheceram, foi acusado de ter liderado o horrível massacre dos oito membros da Sociedade Missionária da Patagônia, por dezenas de Yaghans, na missão instalada na ilha de Keppel. Mas, felizmente, um tribunal de Stanley, nas ilhas Falkland, depois de o ouvir, absolveu-o da acusação. Através de relatos de missionários, soube da sua morte, há poucos anos, durante uma epidemia que assolou a Terra do Fogo. Um deles, de regresso a Inglaterra, trouxe um dos filhos de Jemmy consigo, Threeboy, o seu terceiro, com o mesmo propósito de fazer dele um futuro pastor anglicano. A história a repetir-se. Pude conhecer o rapaz, quando o missionário teve a gentileza de o trazer até aqui a Down. Tal como você, agora, meu caro Júlio."

Encaminharam-se para a casa. "Suponho que existe outro motivo mais importante para ter vindo até Down, Júlio", disse-lhe o naturalista, mudando de conversa, quando voltaram a entrar no seu escritório. "Aguarde um instante." E dizendo isto desapareceu por uma porta e voltou depois com um quadro. "Está aqui." A imagem estava coberta por um vidro e mantinha-se, embora Júlio o ignorasse, tal qual como no dia em que o jovem Charles a recebera das mãos do boticário e taxidermista Pereira, trinta e cinco anos antes. E dizendo isto, olhou para Júlio. "É seu, pode levá-lo", disse-lhe. "Mas, foi uma oferta do meu avô, não tenho esse direito..." "Tem, sim. O seu avô já passou tempo suficiente comigo, agora está na hora de voltar para junto da família. Que será dele quando eu já cá não estiver?", contrapôs. "Ninguém neste mundo sabe o que isto é, só eu e você, Júlio." O marinheiro refletiu bem nas palavras do velho cientista e observou com mais atenção a imagem do quadro, uma imagem abstrata, com manchas escuras sobre uma espécie de pergaminho, sem perceber muito bem o que via. Tanto quanto se lembrava das palavras do pai, estaria a olhar para a pele que cobrira o peito e o ventre do avô Siríaco. "É a primeira vez que o quadro sai da sua caixa", continuou o doutor Darwin. Júlio não disse nada e Charles Darwin também não fez qualquer referência às cartas que Marcelino lhe entregara, seguindo a indicação do velho Siríaco. Para o cientista, estas eram o registo de uma viagem a um território desconhecido, uma tentativa de cartografar o seu próprio destino. O naturalista fez depois um comentário qualquer sobre a incompreensibilidade de certas imagens e atitudes e o seu alcance na vida das pessoas. "Não é possível", concluiu, "por mais que nos esforcemos, entender tudo na vida de uma pessoa. Resta-nos acreditar no poder da razão e nos argumentos da natureza". Júlio reparou que havia um espelho na entrada da sala que permitia ao doutor Darwin saber quem se aproximava do escritório, porque naquele momento a sua mulher, Emma, entrou, pondo fim àquela entrevista, dizendo que o marido precisava de preparar uma conferência, que se realizaria daí a poucos dias. Júlio pegou no embrulho, despediu-se de ambos e saiu.

 Pelo caminho, por entre o movimento e a azáfama dos passageiros entrando e saindo em cada estação, recordou as últimas palavras de Charles Darwin: "Comprei esta casa para fugir ao rebuliço de Londres, na altura por um bom preço, mas a cidade está cada vez mais próxima. Nesse tempo, depois da estação de Down, ainda tínhamos de percorrer umas nove milhas até aqui, subindo e descendo colinas. Visite-nos sempre que quiser, meu caro Júlio, será sempre bem-vindo a

Down". E, mudando repentinamente de assunto, perguntou-lhe: "Costuma navegar pela América do Sul?"

A meio do dia, quando Júlio deixou a estação de King's Cross e se esforçava por encontrar no seu espírito um vestígio que fosse das figuras do avô Siríaco e de O'rudel'lico — ou Jemmy Button —, o sol brilhava, trazendo para as ruas uma rara felicidade. As formas e as cores transmitiam à cidade de Londres uma corporeidade aumentada e perfumada, que se refletia nas carruagens e no movimento denso de pessoas pelas ruas, praças, largos, com as suas lojas, teatros e grandes armazéns; gente a entrar e a sair, fazendo aumentar o burburinho da cidade, que o foi acompanhando, passando por palácios, parques e jardins, até ir morrer junto ao cais, nas velas de uma flotilha de veleiros ancorados.

57
La mascarade nuptiale

No início dos anos oitenta do século XX, a *mairie* da cidade francesa de La Rochelle resolveu transformar o palacete dos condes de Fleuriau, do século xviii, no Musée du Nouveau Monde. O objetivo era fazer deste espaço, situado numa cidade com grandes tradições marítimas e famílias ligadas ao comércio de escravos, um local de paz e encontro de culturas dos dois lados do Atlântico. Seria uma viagem de reconciliação, ao longo dos séculos, através de peças de escultura, desenhos, gravuras, mapas antigos, outros objetos de arte, debates e exposições. No ano de 1983, o museu adquiriu a um colecionador francês o quadro do casamento de D. Roza do Coração de Jesus e de D. Pedro de Luanda, com as restantes personagens, pintado por José Conrado Roza, em 1788. O anterior proprietário chamara-lhe *La Mascarade Nuptiale*.

Tempos depois, de visita a esta cidade por ocasião do casamento da filha, um colecionador suíço de livros e documentos antigos, de nome Wolfgang Hauser, aproveitou uma manhã para ir conhecer o museu. Subiu as imponentes escadarias de mármore até à sala do primeiro andar e ficou impressionado pelo quadro de Roza. Tocou-o particularmente o olhar entediado das personagens, os anões na sua pele cor de azeviche, e a parcimônia com que pareciam olhar o futuro, envergando aqueles vestidos, casacas e tricórnios, desde aquele dia do século xviii. Era como se pudessem observar os visitantes que naquele momento circulavam ali pelo museu; como se as suas almas continuassem a alimentar a solenidade pueril daquela cerimônia. O quadro ocupava toda a parede de uma das salas e impressionou o suíço pelo colorido e exotismo do tema. Mas quando Hauser se aproximou e leu a legenda explicativa, ficou intrigado com o nome de uma das personagens, aquela que na verdade lhe havia atraído mais a atenção. Recordava-se de já ter visto algures aquela palavra exótica, aquele nome estranho, nalgum livro ou documento.

De regresso a Zurich, mergulhou na sua coleção. Durante dias, passou os olhos por livros e documentos antigos, até que, quando já pensava em desistir, encontrou um conjunto de 88 fólios, manuscritos, em português, com o título em inglês, numa capa de cartão, *A Letter From Siríaco, Cape de Verds, 1836*. Tinha feito parte de um conjunto de outras cartas, numa coleção chamada *Correspondance of Charles Darwin*. O colecionador suíço recordava-se de a ter adquirido, muitos anos antes, num leilão, em Londres. Porém, não se lembrava qual o motivo que, na altura, o levara a arrematar aquela longa carta, manuscrita em português, por entre outros documentos antigos que adquiriu nessa tarde. Então lembrou-se de como ficara decepcionado quando a mandou traduzir. Pensara que esta pudesse conter alguma informação importante, algum segredo de alcova do famoso naturalista, com alguma dama brasileira, durante a passagem do *Beagle* por este país. Ou que pudesse, no mínimo, revelar algum contributo importante para os seus escritos científicos revolucionários posteriores. A longa e inóqua carta havia sido, assim, arrumada e ficara esquecida, durante anos.

Dias depois, Wolfgang Hauser contactou os responsáveis do Musée du Nouveau Monde. Estes mostraram-se inicialmente estupefatos e desconfiados perante a revelação. Mas não conseguiram disfarçar o entusiasmo e a curiosidade — depois de verem algumas fotos — pelos pormenores da carta de Siríaco, uma das figuras do seu quadro mais famoso, dirigida ao pai de *A Origem das Espécies*, no decorrer da histórica viagem. Acharam que havia ali, naquele encontro inusitado — caso a carta fosse mesmo autêntica — algo de caprichosamente científico e ao mesmo tempo transcendental, mágico. O encontro do jovem Siríaco, do quadro de Conrado Roza, com as cartas que ele iria escrever, cinquenta anos depois, soltava no ar uma espécie de eletricidade surreal. Hauser informou-os também, embora desconfiasse de que já o soubessem, da existência de um outro quadro, do mesmo autor e da mesma época, mas que retratava apenas o rapaz com vitiligo. Fazia parte do espólio de um museu de Madri. O suíço aguardou, pacientemente. E não demorou muito até que o telefone tocasse com os responsáveis do museu de La Rochelle interessados em adquirir *A Letter From Siríaco, Cape de Verds, 1836*. Tempos depois, Wolfgang Hauser recebeu um convite para a inauguração de uma exposição interativa, nesse Museu do Novo Mundo, também muito publicitada em diversos órgãos de comunicação, sob o título *Dans la cour exotique de la reine D. Maria I: l'autobiographie de Siríaco, le garçon-tigré, suite de son reencontre avec Charles Darwin.*

Nota do autor

PARA A ESCRITA DOS CAPÍTULOS dedicados a Charles Darwin, o autor inspirou-se nos seus diários, em especial o caderno *Cape de Verds*, que regista a sua passagem pela ilha de Santiago de Cabo Verde, entre janeiro e fevereiro de 1832, e biografias sobre a infância e juventude do naturalista. O mesmo vai para os registos do historiador cabo-verdiano Senna Barcelos, sobre a vila da Praia desses inícios de oitocentos.

Sobre o Autor

Joaquim Arena

Joaquim Arena (1964, ilha de São Vicente, Cabo Verde), é filho de pai português e mãe cabo-verdiana. Emigrou para Portugal com a família em 1970. É licenciado em Direito e jornalista de profissão, imprensa e televisão, em Lisboa. Foi conselheiro cultural e da comunicação do presidente de Cabo Verde, Jorge Carlos Fonseca (de 2017 até 2021). Em 2006 publicou seu primeiro romance, *A Verdade de Chindo Luz* (Oficina do Livro, Lisboa), seguindo-se *Para Onde Voam as Tartarugas* (2010, Editoral Caminho, Lisboa). *Debaixo da Nossa Pele, Uma Viagem* (2017, INCM de Portugal), um ensaio-reportagem, escrita em mosaico (história, ficção, biografia, relato de viagem), sobre a história dos africanos nos campos do cultivo de arroz do Vale do Sado, Portugal, e sua presença na Europa, desde o século XVIII, foi publicada nos Estados Unidos (2023, *Under Our Skin*, Unnamed Press) e na China. Em 2022, publicou, em Portugal, *Siríaco e Mister Charles* (Quetzal Editores) e em 2023, *O Sabor da Água da Chuva e Outras Memórias da Amiga Perfeita*, que recebeu o Prêmio Literário Arnaldo França 2022, (INCM e INCV, Portugal e Cabo Verde). *Siríaco e Mister Charles* venceu o Prêmio Oceanos de Literatura em 2023.

https://www.facebook.com/GryphusEditora/

twitter.com/gryphuseditora

www.bloggryphus.blogspot.com

www.gryphus.com.br

Este livro foi diagramado utilizando a fonte Adobe Caslon Pro e impresso pela Gráfica Eskenazi, em papel pólen bold 90 g/m^2 e a capa em papel cartão supremo 250 g/m^2.